Paul Peppers Salonwagen
Grill
Grüne Idylle

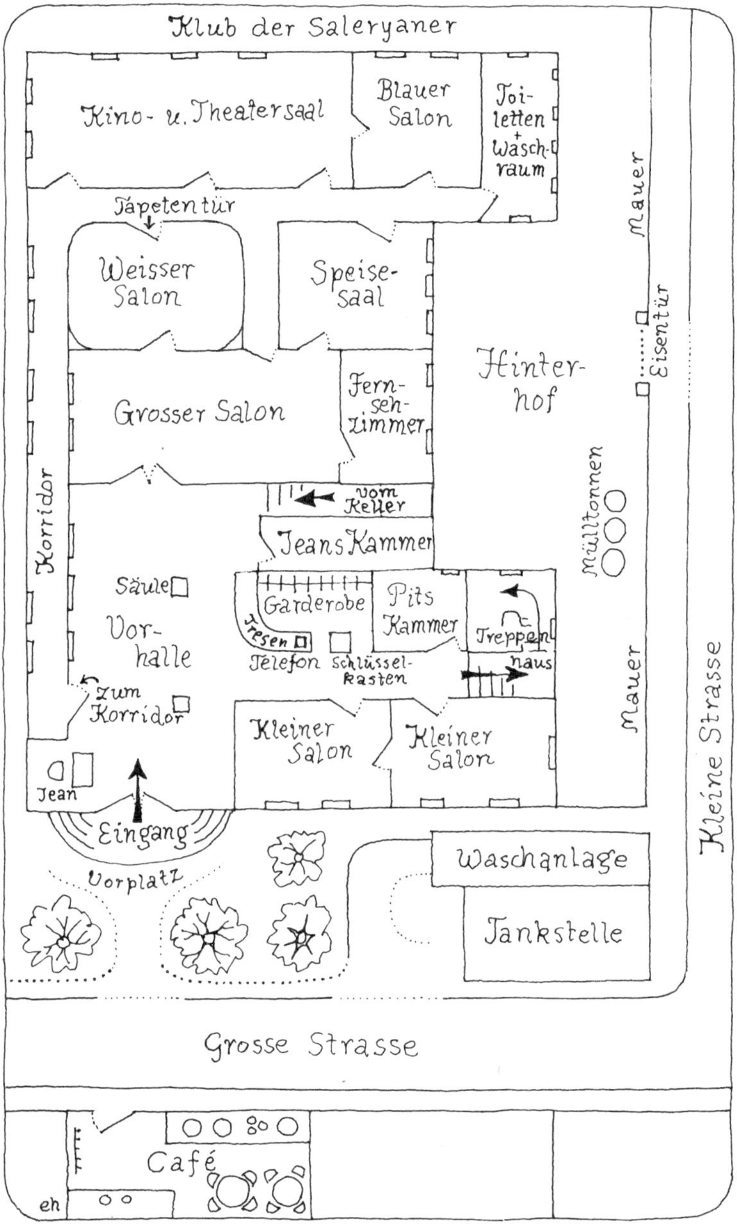
Klub der Saleryaner
Kino- u. Theatersaal
Blauer Salon
Toiletten + Waschraum
Tapetentür
Weisser Salon
Speisesaal
Hinterhof
Mauer
Eisentür
Grosser Salon
Fernsehzimmer
vom Keller
Korridor
Mülltonnen
Jeans Kammer
Säule
Vorhalle
Garderobe
Tresen
Pits Kammer
Treppenhaus
Telefon
Schlüsselkasten
zum Korridor
Kleiner Salon
Kleiner Salon
Mauer
Kleine Strasse
Jean
Eingang
Vorplatz
Waschanlage
Tankstelle
Grosse Strasse
Café
eh

Felix Huby

Paul Pepper und die sechs Dunkelmänner

Franckh'sche Verlagshandlung
Stuttgart

Zwei Zeichnungen von Eva Hohrath

Umschlagtypographie und -illustration von Atelier Held + Rieger, Fellbach

CIP-Kurztitelaufnahme der Deutschen Bibliothek

Huby, Felix:
Paul Pepper und die sechs Dunkelmänner / Felix
Huby. – Stuttgart : Franckh, 1985.
ISBN 3-440-05438-1

Franckh'sche Verlagshandlung, W. Keller & Co., Stuttgart / 1985

ISBN 3-440-05438-1 / L 9sl H ha
Printed in Czechoslovakia / Imprimé en Tchécoslovaquie
Satz: G. Müller, Heilbronn
Gesamtherstellung durch Artia, Prag

Paul Pepper und die sechs Dunkelmänner

Die Hauptpersonen

Paul Pepper, 58. Der Privatdetektiv wohnt in einem alten Salonwagen der früheren Reichsbahn. Die seltsame Behausung steht mitten in einem Garten – die *Grüne Idylle* genannt. Pepper ist früher einmal zur See gefahren – siebzehn Jahre lang und mindestens zwanzigmal rund um den Erdball. Eine Zeitlang war er auch bei der Polizei, aber dort hatte man ihn nicht behalten wollen, weil seine Methoden ziemlich ungewöhnlich waren. Jetzt arbeitet er als Privatdetektiv. Doch es ist nicht einfach für ihn – junge, fixere Kollegen schnappen ihm immer wieder die dicksten Brocken weg. Indessen sind da noch Pit, Jonny und Arnica, und mit ihnen gemeinsam ist Pepper jeder Konkurrenz, manchmal sogar der Polizei, überlegen.

Peter Küster, genannt Pit, ist ein ruhiger, nachdenklicher Junge von 16 Jahren. Seine Eltern sind geschieden. Seitdem lebt Pit mit seiner Mutter allein und muß eine ganze Menge Verantwortung tragen. Seine besonderen Leidenschaften sind Fotografieren und Kajakfahren. Sein Boot hat er sich selber gebaut. Für sein Alter ist Pit ziemlich stark. Er ist ein guter Sportler, aber er ist nicht sehr redegewandt.

Arnica, 14. Ihre Eltern nennen Arnica einen ›Teufelsbraten‹. Sie hat hauptsächlich Unsinn im Sinn und ist – so gesehen – das ganze Gegenteil von Pit. Arnica wohnt nicht weit von Pepper und Pit, allerdings in einer Gegend, in der Einfamilienhäuser und schicke Bungalows stehen. Ihr Vater ist ein hohes Tier beim Gericht und schon deshalb mit den Extratouren seiner Tochter nicht einverstanden. Arnica besucht nicht nur die gleiche Schule wie Jonny, sie geht auch noch in die gleiche Klasse.

Jonny, 14. Er ist der umtriebigste im Team. Immer auf Achse, immer am Reden und Rechnen. Er führt die Geschäfte, stellt Kontakte her, horcht Leute aus, erfindet Tricks, sprudelt über vor Einfällen und schießt regelmäßig übers Ziel hinaus. Sein Vater ist Journalist und Schriftsteller, seine Mutter hat eine kleine Galerie, und da beide Eltern immer unglaublich beschäftigt sind, hat Jonny viele Freiheiten, die er weidlich ausnutzt. Er ist der Clown und das Mitglied der Truppe, das die anderen immer wieder aufrichtet, wenn sie ihre Köpfe hängen lassen. Jonnys Vater (Jonny heißt übrigens bürgerlich Johannes) ist ein vielbeschäftigter Mann. Doch wenn ihn die Kinder einmal brauchen, stellt er sich immer als Berater zur Verfügung. Manchmal springt dabei natürlich auch eine Geschichte für seine Zeitung heraus.

Frau Küster ist Pits Mutter, eine ruhige, liebenswerte Frau, bei der man immer Rat und Zuflucht findet.

Kriminalhauptkommissar Rübenach, von den Kindern **Rübezahl** genannt, ist ein ziemlich grobschlächtiger Typ, nicht unsympathisch, von rauhbeiniger Herzlichkeit. Doch gegen Privatschnüffler hat er etwas. Für ihn kommt es gar nicht in Frage, daß andere sich in die Arbeit der Polizei einmischen. Und wenn sie dann womöglich noch erfolgreicher sind als er selbst, wird er fuchsteufelswild.

Marie Luise Scheringer, 81, Kioskbesitzerin und Märchenerzählerin. Sie betreibt ihren kleinen Laden, in dem es von Lakritzstangen bis zum Kunstdünger alles gibt, in einer ehemaligen Baracke. Der Holzschuppen ist völlig mit Efeu eingewachsen. Seit 14 Jahren will die Stadt an dieser Stelle einen Verwaltungsbau errichten, aber Frau Scheringer, die von allen liebevoll nur ›Die Alte‹ genannt wird, hat sich bisher erfolgreich widersetzt, wobei ihr Jonnys Vater kräftig geholfen hat. Für ›Die Alte‹ gibt es nichts Schöneres als einen neuen Fall. Dann lebt sie unheimlich auf, kombiniert, denkt mit, hat überraschende Ideen, ganz wie ihr Vorbild Miß Marple, der sie leider nicht nacheifern kann, weil sie nicht mehr gut genug zu Fuß ist.

Diebe in der Nacht

Jonnys Vater war außer sich. »Warum«, schrie er ein ums andere Mal, »warum muß das ausgerechnet mir passieren? Ausgerechnet mir!« Er sah seine Frau und seinen Sohn an. »Sag doch was!« fuhr er Jonny an. »Du bist doch hier der Experte für Verbrechen!«
Jonny zuckte nur mit den Achseln und wiegte seinen runden Kopf hin und her.
»Laß den Jungen aus dem Spiel«, sagte Frau Bergemaier ärgerlich. »Dein Auto ist dir gestohlen worden, weil es ein besonders schönes und noch ganz neues Modell ist.«
»Keine vierzehn Tage alt! Noch nicht einmal richtig eingefahren!« Herr Bergemaier warf die Arme theatralisch in die Luft.
»Die Versicherung wird den Schaden ja wohl bezahlen«, ließ sich Jonny hören.
»Sicher, mein Auto bekomme ich von der Versicherung ersetzt. Doch wenn ich daran denke, wie lange die Lieferzeit für dieses Modell ist, dann sehe ich mich eine ganze Weile unter den Fußgängern. Außerdem dauert es auch seine Zeit, bis der Fall bei der Versicherung abgeschlossen ist. – Da fällt mir ein, vielleicht machen sie sogar noch Schwierigkeiten, weil ich grob fahrlässig gehandelt habe.«
»Warst du denn…, wie heißt das, … grob fahrlässig?«
»Na ja, ich weiß nicht, das wird man prüfen müssen. Ich habe den Autoschlüssel im Mantel gelassen, als ich ihn an der Garderobe abgegeben habe.«
»Bist du sicher?« fuhr seine Frau dazwischen.
»Natürlich bin ich sicher!«

»Dann ist ja alles in Ordnung.«
»In Ordnung? Nichts ist in Ordnung!«
»Doch. Die Garderobe ist ja bewacht, nicht wahr? Schließlich sitzt da eine Frau, die die Mäntel abnimmt und wieder herausgibt.«
»Ja, das stimmt.«
»Und was sagt diese Frau?« fragte Jonny.
»Weiß ich nicht. Ich habe sie nicht gefragt.«
»Du hast sie nicht...? Aber Papa!«
»Komm, spiel dich nicht auf. Ich war außer mir, kopflos, stinksauer!«
»Das hat sich auch bis jetzt nicht geändert«, sagte Frau Bergemaier spitz.
»Ja, soll ich vielleicht jubilieren, daß mir mein 36000-Mark-Auto gestohlen worden ist?«
»Wenn du dich erinnerst, habe ich schon immer gesagt, daß es ein billigerer Wagen auch tun würde!«
»Geht das schon wieder los! Als ob das etwas damit zu tun hätte! He, wo willst du hin?«
Jonny hatte sich langsam in Richtung Tür bewegt. Er wußte, daß seine Eltern sich jetzt unweigerlich streiten würden, und das konnte er auf den Tod nicht ausstehen. Deshalb wollte er sich so schnell wie möglich verdrücken. »Ich dachte, ich geh' noch auf einen Sprung zu Pepper.«
»Pepper – das ist *die* Idee!«
Jonny sah seinen Vater überrascht an.
»Er ist ein guter Detektiv«, fuhr Herr Bergemaier fort, »das hat er oft genug unter Beweis gestellt. Vielleicht kann er...«
»Aber das ist doch Sache der Polizei«, warf Frau Bergemaier ein.
»Die Polizei unternimmt doch nichts. Was meinst du, wie viele Autos gestohlen werden? Wenn die jedem Diebstahl einzeln nachgehen müßten...«
»Aber du hast es doch der Polizei gemeldet?«

»Selbstverständlich, aber ich erwarte nicht viel von denen.«
»Aber Pepper kostet Geld!«
»In diesem Fall bestimmt nicht«, rief Jonny von der Tür her. »Schließlich haben wir ihm auch schon eine Menge geholfen, Pit, Arnica und ich.«
»Wo er recht hat, hat er recht«, sagte der Vater nun in einem etwas versöhnlicheren Ton. »Und in dem Fall ›Eisenbahnerpressung‹* habe ich sogar ganz gut mit ihm zusammengearbeitet. Sprich doch mal mit deinem Freund Pepper!«
Jonny war froh, daß er jetzt sozusagen einen offiziellen Auftrag hatte, Paul Pepper in der *Grünen Idylle* aufzusuchen. Er ging rasch hinaus, nahm von der Garderobe seinen Mantel und eine dicke Wollmütze und machte sich auf den Weg.
Draußen pfiff ein kalter Wind. Ein leichter Schneefall hatte eingesetzt. Die Flocken wurden wild durcheinandergewirbelt. Jonny rannte die schmale Zufahrtsstraße zu den Gärten hinunter, sprang über das niedrige Gartentor zu Peppers Grundstück und spurtete den geschwungenen Plattenweg entlang bis zu der Treppe, die zu Peppers Wohnungstür führte. Das war keine übliche Wohnungstür, sondern die Verbindung von der hinteren Plattform eines Eisenbahnwagens zu einem engen Vorraum. Pepper wohnte nämlich in einem Eisenbahn-Salonwagen der alten Deutschen Reichsbahn, der noch immer auf einem rostigen Stück Gleis stand. Der Wagen war das Zentrum und Schmuckstück der *Grünen Idylle.* So nannten alle den geräumigen Garten Peppers. Die Bäume, Beete und Büsche lagen jetzt freilich unter einer dicken, weißen Schneedecke.
Jonny, der eigentlich Johannes hieß, zog an einer feingliedrigen Metallkette. Die Messingglocke über der Tür bimmelte.
»Nur herein!« rief Pepper.
Jonny stieß die Tür auf. Warme Luft und würziger Duft von Pfeifentabak schlugen ihm entgegen.

* Siehe *Paul Pepper und die tickende Bombe,* Franckh Verlag, Stuttgart.

»Mach schnell wieder die Tür zu, wir heizen ja sonst die Landschaft.« Pepper saß in einem tiefen Sessel, paffte dicke Tabakwolken in den schmalen Raum und hielt ein Buch in den Händen. »Schön, daß du kommst«, sagte er gut gelaunt.
»Den ganzen Tag über hat noch niemand bei mir hereingeschaut, und das Telefon scheint auch tot zu sein. Kein Mensch verlangt zur Zeit nach Paul Pepper.«
»Das kann sich schnell ändern«, antwortete Jonny und rutschte auf die Bank hinter dem Eßtisch.
»Ich hätte nichts dagegen.« Pepper legte das Buch zur Seite und schlug die Beine übereinander.
Er war 58 Jahre alt, ein kräftiger, muskulöser Mann, dem man die Abenteuer seines Lebens ansehen konnte. Zumindest dachten das die Kinder Jonny, Pit und Arnica, weil sie alle seine Abenteuer aus seinen Erzählungen kannten. Und davon gab es Dutzende, wenn nicht gar Hunderte.
»Gibt's was Neues?« fragte der Detektiv.
»Meinem Vater ist das Auto gestohlen worden!«
»Was, dieser neue, teure Mercedes? So was kann mir mit meiner alten Klapperkiste nicht passieren«, entgegnete Paul Pepper.
»Mein Vater meint, Sie könnten vielleicht...«
»Mann, o Mann, da kannst du gleich eine Stecknadel im Heuhaufen suchen! Da sind Profis am Werk – organisierte Banden, die ihr Handwerk ausgezeichnet verstehen. Soll ich dir mal sagen, wie sie das machen? Sie brechen die Autos schon lange nicht mehr auf. Sie machen sich auch nicht die Mühe, die Zündung kurzzuschließen. Meistens lauern sie den Fahrern auf. Wenn die dann in ein Restaurant oder in ein Café gehen, schleichen die Gauner an die Garderobe, klauen den Autoschlüssel aus der Mantel- oder Jackentasche, machen rasch einen Wachsabdruck und stecken den Schlüssel wieder in die Tasche des Besitzers. Später stellen sie dann einen Zweitschlüssel her. Derjenige, der die Schlüssel anfertigt, hat aber mit dem eigent-

lichen Diebstahl nichts zu tun. Er kennt auch nicht den Komplizen, der das Auto später stiehlt.
Unser Schlüsselspezialist gibt den Zweitschlüssel mit der Wagennummer und der Anschrift des Besitzers einfach weiter. Meistens wird das Päckchen in einem toten Briefkasten hinterlegt. Der Autodieb holt die Informationen und die Schlüssel ab, stiehlt das Auto und fährt es zu einer Werkstatt. Dort stellt er es ab und verschwindet sofort. Er lernt dabei nie die Leute kennen, die dort arbeiten. Diese sind Spezialisten für Neulackierungen. Egal, wie alt das Auto ist, es wird neu gespritzt. Man versucht, die Motornummer wegzuklopfen und durch eine neue zu ersetzen und macht so aus dem Auto ein anderes Fahrzeug. Inzwischen sind die Spezialisten für falsche Fahrzeugpapiere fleißig. Sie haben die Formulare aus irgendeinem kleinen Rathaus oder Landratsamt gestohlen. Die Dienstsiegel haben sie täuschend ähnlich nachgemacht oder auch irgendwo mitgehen lassen. Jetzt werden ein neuer Kraftfahrzeugbrief und Kraftfahrzeugschein hergestellt. Fälschungen bester Qualität! Die falschen Papiere und der falsche Wagen treffen sich an irgendeiner Tankstelle. Dort tritt nun ein weiterer Mann der Diebesbande in Aktion: der Fahrer. Er holt sich an einem vereinbarten Ort die Schlüssel, an einem zweiten Platz die Papiere und schließlich in der Werkstatt den Wagen. Bei diesem ganzen Ablauf bekommt er niemanden zu Gesicht. Er steigt ein, fährt los und bringt das Auto über die Grenze. Es kann sein, daß er in Österreich oder in der Schweiz das Fahrzeug auf einen großen Transporter verlädt, wo noch mehr gestohlene Pkws auf ihn warten. Es ist aber auch möglich, daß er das Auto selber bis ins Zielland bringt – zum Beispiel in die Türkei, nach Saudi-Arabien oder auch nach Syrien.«
»Das war ein hochinteressanter Vortrag«, sagte Jonny ein bißchen spöttisch. »Mein Vater kann vielleicht einen Artikel daraus machen (Herr Bergemaier arbeitet bei einer Zeitung als Reporter), aber sein Auto sieht er wohl nie mehr.«

»Viel Hoffnung kann er sich jedenfalls nicht machen!«
»Aber wenn das so oft passiert, dann muß doch die Polizei etwas unternehmen!«
»Leicht gesagt, schwer getan«, erwiderte Pepper. »Die Banden sind so gut organisiert, daß man ihnen praktisch nicht beikommt. Wenn man den Fahrer faßt, weiß dieser nichts über den Dieb des Schlüssels, den Dieb des Wagens oder den Mann, der das Fahrzeug neu lackiert hat. Er kann nichts verraten, weil er tatsächlich keine Ahnung hat. Und schon gar nicht weiß er, wer die Bosse hinter dem ganzen Apparat oder besser gesagt an der Spitze der Organisation sind.«
»Ganz schön raffiniert«, meinte Jonny.
»Tja, was glaubst du, was die Versicherungen zahlen würden, wenn sie so einer Bande das Handwerk legen könnten? Vermutungen hat die Polizei übrigens genug, aber Beweise…«
»Und was sind das für Vermutungen?«
»Nun, man glaubt, daß eine große Bande sozusagen den Markt beherrscht. Sie soll von hier aus, also von unserem Raum aus, operieren – Genaueres weiß man nicht. Bei der Polizei nennt man diese Bande von Phantomen den Großen Clan. Sie spielen ein bißchen Mafia und nutzen alle Möglichkeiten der modernen Technik. Die Chefs des Clans müssen äußerst gerissene, intelligente und skrupellose Männer sein – gefährlicher als Klapperschlangen und raffinierter als die gesamte Polizei!«
»So eine Art Supermänner, was?«
»Nein, sicher nicht, aber raffinierte Manager, die ihre Begabungen nicht in den Dienst eines Großunternehmens stellen, sondern in den Dienst einer Verbrecherorganisation.«
»Das ist doch ein Thema für meinen alten Herrn!« sagte Jonny.
»Schon möglich, aber sein Auto bekommt er trotzdem nicht wieder.«
»Und wenn Sie nun die Chefs des Clans überführen würden?«
Pepper lachte. »Das wäre eine Riesensache, aber für mich ein paar Nummern zu groß!«

»Aber nicht für uns alle!«
Keiner von beiden hatte bemerkt, daß die Tür leise aufgegangen war. Auf der Schwelle stand schwer atmend die alte Frau Scheringer. Sie hatte ein großes, schwarzes Wolltuch um den Kopf gelegt. Ihre dicken Beine steckten in riesigen Fellstiefeln, und sie trug einen abgewetzten alten Pelzmantel.
»Ihr wart so in euer Gespräch vertieft, daß ihr mich gar nicht gehört habt!« Ächzend setzte sie den Korb ab.
Jonny half ihr aus dem Mantel und nahm ihr das Wolltuch aus der Hand. Marie Luise Scheringer war 81 Jahre alt, betrieb aber noch immer einen Kiosk am Rande der Gartenkolonie und wurde von allen Leuten ringsum liebevoll nur ›Die Alte‹ genannt. Ihre große Leidenschaft galt der Kriminalistik. Wenn Paul Pepper einen Fall bearbeitete, war sie stets mit von der Partie. Und schon oft hatte sie mit ihren ungewöhnlichen Kombinationen weiterhelfen können. Jetzt ließ sie sich in einen Sessel fallen und deutete auf den Korb, der noch immer neben der Tür stand.
»Da ist etwas zu essen und zu trinken drin. Kümmerst du dich mal darum?« fragte sie Jonny.
Der Junge packte aus: Knackige Dauerwürste, Essiggurken, Bier und Limonade, ein dunkles Bauernbrot und eine Tüte mit Plunderstückchen. »Ein Jammer, daß ich schon gegessen habe«, bedauerte Jonny und biß herzhaft in eine der Würste hinein. Auch Pepper griff zu. »Haben Sie schon gehört – Herrn Bergemaier ist das neue Auto gestohlen worden!« sagte er mit vollem Mund.
»Dann ist also dein Vater auch ein Opfer des Clans?«
Jonny und Pepper schauten die Alte überrascht an.
»Was wissen Sie darüber?« fragte der Detektiv.
»Nur das, was Sie erzählt haben!«
»Dann müssen Sie aber schon ganz schön lange draußen vor der Tür gestanden haben.«
»Na ja, wenn es so spannend ist, wird's mir nicht kalt!« Sie rieb

die Hände und dann ihre rotgefrorenen Backen. »Also, was unternehmen wir dagegen?«
Pepper sah sie überrascht an. »Wogegen?«
»Na, gegen den Clan?«
Pepper schüttelte den Kopf. »Das ist eine Nummer zu groß für uns.«
»Ach was. Unser Vorteil ist, daß sich niemand vorstellen kann, wir könnten uns damit beschäftigen!«
Pepper grinste: »Sonst würden die Chefs des Clans bestimmt mächtig Angst bekommen!«
»Sie können mich lange auslachen«, sagte die Alte mit fröhlich blitzenden Augen. »Ich weiß, daß ich recht habe. Und jetzt will ich euch zwei Helden etwas sagen: Genau gegenüber von meinem Kiosk stellt dieser Direktor Sonnenschein immer seinen dicken Mercedes ab. Ich habe mich erkundigt. Es ist ein Mercedes 500 SCE, und er ist mit all seinen Extras gut 90000 Mark wert.«
»Man kann aber nicht davon ausgehen, daß jeder teure Wagen automatisch gestohlen wird«, belehrte Pepper sie mit einem milden Lächeln.
»So klug bin ich auch. Aber gestern strich ein junger Mann um das Auto herum. Er kam mit einem kleinen Motorrad. Und der gleiche Mann ist heute wieder dagewesen. Und als Sonnenschein weggefahren ist, hat er ihn verfolgt. Da bin ich absolut sicher.«
»Wenn da mal nicht die Phantasie mit Ihnen durchgeht!«
»Unsinn! Ich bin doch bei klarem Verstand.«
»Und weiter?« fragte Pepper ein wenig ungeduldig.
»Bin ich der Detektiv oder Sie?«
»Na, so sicher bin ich mir da nicht. Gib mir doch bitte mal das Telefonbuch, Jonny.«
»Nicht nötig«, ließ sich die Alte wieder hören, »Sonnenscheins Nummer ist 645745.«
Jetzt warf Pepper Frau Scheringer respektvoll einen anerken-

nenden Blick zu. »Alle Achtung!« Er zog das Telefon zu sich her und wählte.
»Ja, hier Pepper«, sagte er nach einer kurzen Pause, »ist wohl Herr Direktor Sonnenschein zu sprechen?« Wieder wartete er eine Weile, bis er erneut das Wort nahm. »Guten Abend, Herr Direktor Sonnenschein ... Nein, Sie kennen mich nicht, aber ich bin sozusagen ein Nachbar von Ihnen... Wie bitte? ... Nein, nein, Ihre Hunde stören mich nicht. Ich bin Detektiv und ermittle in einer Reihe von Fällen ... Autodiebstähle im großen Stil. Nur teure Wagen. Nun hat eine Bekannte von mir beobachtet, daß heute ein zwielichtiger Mann um Ihr Auto herumgestrichen ist... Wie bitte? ... Ja, den 500er! Und der gleiche Mann ist Ihnen gefolgt... Daß das Auto noch da ist, hat nichts zu bedeuten. Die Diebe gehen immer auf die gleiche Weise vor. Sie besorgen sich erst den Schlüssel, machen einen Wachsabdruck, stellen Ersatzschlüssel... Ja, genau so, Herr Direktor Sonnenschein. Waren Sie heute abend vielleicht irgendwo, wo Sie Ihren Mantel unbeobachtet abgelegt haben – mit dem Autoschlüssel drin? ... Ach, ja? Würde es Ihnen etwas ausmachen, wenn ich mir den Schlüssel einmal näher ansehen würde... Vielleicht finden sich Wachsspuren. Zugegeben, es ist eine sehr gewagte Annahme, und ich möchte Sie auch nicht belästigen, aber... Ja, selbstverständlich. Gut, gut, das verstehe ich... Ich wollte Sie wirklich nicht belästigen. Entschuldigen Sie bitte die Störung, auf Wiederhören.«
Frau Scheringer und Jonny hatten angespannt zugehört.
»Nun?« fragten sie jetzt wie aus einem Mund.
»Na ja, er war etwas ungehalten zum Schluß. Er werde sich den Schlüssel selber anschauen, schließlich sei er von Haus aus Chemiker und durchaus in der Lage, mit einem Mikroskop umzugehen!«
»Na also!« meinte Frau Scheringer.
»Er fühlte sich offensichtlich von mir belästigt«, sagte Pepper, »ist ja auch verständlich.«

Er öffnete eine Flasche Bier und goß sich vorsichtig ein Glas ein. »Wenn man einmal das Ende des Fadens hätte…« Er sprach nicht weiter. Das war so seine Art. Pepper meinte, man müsse Sätze, die sich die Zuhörer selbst zusammenreimen könnten, nicht vollständig aussprechen.
»Sie werden sich von einem Fehlschlag doch nicht gleich aus dem Konzept bringen lassen?« erkundigte sich die Alte.
»Bestimmt nicht.«
In diesem Augenblick klingelte das Telefon, das auf einem kleinen, runden Tisch neben der Tür stand. Pepper nahm den Hörer ab und meldete sich. Er hob überrascht den Kopf. »Ach! Das ist sehr freundlich, Herr Direktor Sonnenschein. Und Sie sind sich ganz sicher…?« Dann hörte Pepper lange zu. Schließlich sagte er: »Ja, sicher, das mache ich gerne … einen Versuch ist es immerhin wert! Aber ich bitte Sie, ich habe zu danken!« Er legte auf. Die Überraschung stand ihm noch immer ins Gesicht geschrieben. »Na, so was!« sagte er. »Direktor Sonnenschein hat tatsächlich Wachsspuren an seinem Schlüssel entdeckt. Mehr noch: Er konnte sogar feststellen, daß der Schlüssel mit Benzin gereinigt worden ist, nachdem jemand den Wachsabdruck genommen hatte.«
»Donnerwetter!« rief Frau Scheringer. »Und was passiert jetzt?«
»Tja, ich werde mir mal wieder eine Nacht um die Ohren schlagen!«
»Fährt er den Wagen denn nicht in die Garage?« fragte Jonny.
Frau Scheringer schüttelte den Kopf. »In der Garage hat er einen Bentley und einen Sportwagen stehen – er hat so eine Doppelgarage. Der Mercedes parkt immer auf der Straße!«
»Na, dann will ich mich mal warm anziehen!« meinte Pepper.
»Ein Stündchen oder zwei leiste ich Ihnen Gesellschaft. Aber wenn's mir dann richtig kalt wird, gehe ich in die Federn!« sagte die Alte.

Eine Viertelstunde später war Jonny wieder zu Hause. Aufgeregt erzählte er seinen Eltern, was inzwischen vorgefallen war. Währenddessen saßen Frau Scheringer und Pepper in dem alten, klapprigen Auto des Detektivs und tranken abwechselnd aus einer Thermosflasche von dem heißen Tee mit Rum, den die Alte noch schnell gemacht hatte, ehe sie losgezogen waren. Das einzige Geräusch, das zu hören war, war das ›Klack, Klack‹ beim Vorrücken des Sekundenzeigers von Peppers Autouhr. Vom nahen Kirchturm hatte es schon vor einer Weile zwölf Uhr geschlagen. Die Alte fröstelte. »Bevor ich mir den Schnupfen hole, werde ich wohl gehen«, sagte sie gerade, als der Motor eines Kleinmotorrads zu hören war.

»Deckung!« zischte Pepper.

Die Alte rutschte halb unters Armaturenbrett, der Detektiv schob sich unters Steuerrad. Das Motorrad fuhr vorbei, das Geräusch entfernte sich, kam aber schon bald wieder näher. Pepper hob den Kopf ein wenig. »Es sind zwei. Einer ist abgesprungen«, sagte er leise. Er schaute sich um. »Die klauen tatsächlich das Auto.«

Das Motorrad fuhr davon. Kurz darauf hörten sie, wie eine Autotür behutsam zugezogen wurde. Nur ein leises ›Pflop‹ war zu vernehmen. Dann sprang auch schon der Motor an. Der Mercedes glitt vom Straßenrand weg. Auch Pepper startete seinen Wagen. Frau Scheringer richtete sich mit einem leisen Stöhnen auf. »Für solche Sachen bin ich vermutlich doch zu alt«, sagte sie.

»Mitgegangen, mitgefangen«, brummte Pepper.

Er fuhr ohne Licht. Der Mercedes wurde rasch schneller und hatte schon nach kurzer Zeit gut zweihundert Meter Vorsprung.

»Dranbleiben!« rief die Alte. »Wir verlieren ihn sonst!«

»Nicht mitten in der Nacht«, antwortete Pepper ruhig.

Er saß lässig zurückgelehnt auf dem Fahrersitz und lenkte mit einer Hand.

»Er biegt ab!« sagte die Alte.
»Wir auch!«
Die Straße, auf der sie sich jetzt befanden, führte südwärts zum Stadtrand. Ein Polizeiauto kam ihnen entgegen. »Schnell! Licht!« zischte Frau Scheringer.
»Verdammt, das hätte ich glatt vergessen!« knurrte Pepper.
Das Polizeiauto blinkte sie an, fuhr aber vorbei. Pepper ließ sich jetzt noch weiter in den Fahrersitz zurückfallen. Von dem Mercedes waren nur noch zwei kleine rote Punkte zu erkennen.
»Warum hat eigentlich dieser Sonnenschein sein Auto nicht in seine Garage gestellt, nachdem er gewarnt war? Er hätte doch den Bentley auf der Straße abstellen können«, sagte Frau Scheringer.
»Ganz einfach, er hat mir freie Hand gegeben. Zwei seiner besten Freunde sind ebenfalls schon bestohlen worden. Er würde den Gaunern wohl auch gerne das Handwerk legen.«
»Ach, so ist das!« Sie schien darüber nachzudenken. Schließlich sagte sie: »Ich an seiner Stelle hätte sofort die Polizei verständigt.«
»Hat er aber nicht!«
Die Alte knetete ihre Hände. »Jetzt lachen Sie mich bitte nicht aus, Pepper. Aber könnte es nicht sein, daß Sonnenschein selbst der Chef des Clans ist?«
Pepper war so überrascht, daß er auf die Bremse trat. Er gab aber rasch wieder Gas und schaltete in einen höheren Gang.
»Unsinn. Solche Zufälle gibt es nicht!«
»Hat es aber schon gegeben!«
»In schlechten Romanen vielleicht!«
»Aber das wäre doch genial. Wenn der Boß sich seinen eigenen Wagen stehlen läßt, kommt er doch nie in Verdacht.«
»Schluß jetzt«, sagte Pepper ungnädig. »Das sind hirnrissige Spekulationen!«
»Sie waren auch schon mal mehr Kavalier«, antwortete die Alte schnippisch.

»Ich bin Detektiv von Beruf und nicht Kavalier«, brummte er, »da, jetzt hätte ich den Mercedes fast verloren. Er biegt nach Edelkingen ab.«
Pepper holte aus seinem Auto heraus, was ging und schlingerte in halsbrecherischem Tempo in die Abzweigung. Sie sahen den anderen Wagen wieder. »Na, Gott sei Dank«, brummte Pepper.
Der Mercedes wurde nun langsamer, er fuhr vorschriftsmäßig mit fünfzig Kilometer pro Stunde durch eine kleine Ortschaft und bog kurz nach dem letzten Haus scharf nach links ab. Pepper fuhr an der Abbiegung vorbei. Die Alte mußte sich den Hals verrenken, um etwas zu erkennen. »Das muß ein Feldweg sein, und zwar ein ziemlich holpriger. Die Scheinwerfer hüpfen nur so auf und ab.«
Pepper fuhr noch ein paar hundert Meter, löschte dann die Lichter, ließ den Wagen ausrollen und begann, sich seelenruhig eine Pfeife zu stopfen.
»Was ist denn jetzt los?« fragte Frau Scheringer nervös.
»Wir kehren gleich um. Zählen Sie mal bis hundert, das beruhigt.«
Tatsächlich begann die Alte leise zu zählen. Schließlich wurde sie lauter: »97, 98, 99, 100 – so, ich wäre dann soweit!«
Pepper, dessen Pfeife inzwischen brannte und qualmte, ließ den Motor an und wendete. Langsam rollte der Wagen auf das Dorf zu. Jetzt fuhr Pepper wieder ohne Licht. Zum Glück war es eine sternenklare Nacht, so daß man das helle Band der Straße gut erkennen konnte. An der Abzweigung fuhr er wieder vorbei. Dann stellte er sein Auto in eine kleine Bucht am Straßenrand, machte den Motor aus und zog die Handbremse an. »So«, sagte er zufrieden.
»Wollen Sie lieber dableiben?« fragte er. »Ihre Beine sind schließlich nicht mehr die besten.«
»Ja, ja, gehen Sie nur. Wenn Sie in einer Stunde nicht zurück sind, rufe ich die Polizei und den Leichenwagen.«

»Ihr Humor ist unbezahlbar!« brummte Pepper und stieß die Tür auf.

Die Kälte fiel ihn richtig an. Der eisige Wind verursachte sofort einen beißenden Schmerz. Pepper schlug den Mantelkragen hoch und vergrub seine Hände tief in den Taschen. Er stapfte am Straßenrand entlang zurück, bis er den Feldweg erreichte. Plötzlich blieb er stehen. Etwa dreihundert Meter entfernt sah er ein Licht. Davor die schattenhaften Umrisse eines Mannes. Dann hörte er ein Motorrad. Wenn er sich nicht allzusehr täuschte, dann war es die gleiche Maschine, die er bereits vor Sonnenscheins Haus gesehen hatte. Das Motorrad kam auf ihn zu. Mit ein paar Sätzen war Pepper in einem angrenzenden Akker. Er warf sich flach auf den Boden und stieß einen langen, ärgerlichen Fluch aus. Auf dem Motorrad erkannte er zwei Männer. Als die Maschine die Straße erreichte, drehte der Fahrer voll auf. Nach kurzer Zeit war das Motorengeräusch verebbt. Pepper erhob sich und klopfte seinen Mantel ab. Er ging zu dem Feldweg zurück und fiel nun in einen leichten Trab. Schon bald konnte er die Umrisse eines Gebäudes erkennen. Es war ein langgezogener Bau aus massivem Stein. Die Fenster waren mit schweren Läden verschlossen. Pepper näherte sich jetzt vorsichtig. Aus dem Innern war ein leises, zischendes Geräusch zu hören.

Pepper legte sein Ohr an das zweiflügelige Holztor, das fast die ganze Giebelfront des Gebäudes einnahm. Behutsam drückte er die Klinke nieder. Das Tor war nicht abgeschlossen. Millimeter um Millimeter öffnete er die Tür. Das Zischen wurde lauter. Peppers Augen mußten sich an das diffuse blaue Licht erst gewöhnen, das von zwei langen Neonröhren an der Decke ausging. Er blinzelte und traute seinen Augen kaum. Dicht hintereinander standen da, in vier Reihen mindestens, dreißig Autos. Im vorderen Teil des Raumes war eine Montagegrube, aus der sich eine Hebebühne hochfahren ließ. Sie war bis zu einer Höhe von etwa einem Meter ausgefahren. Auf der Bühne stand ein silbergrauer Mercedes, genauso sah Herrn Bergemaiers Wagen aus. Rechts neben dem Auto stand ein Riese von einem Mann, der einen dicken Lederschurz und vor dem Gesicht eine Schutzmaske aus Plexiglas trug. In der Hand hielt er eine Spritzpistole.

Die Seiten des Wagens waren zum größten Teil mit Klebebändern abgeklebt. Offensichtlich wollte der Lackierer nur eine Art Zierstreifen aufsprühen.

Pepper öffnete die Tür ein wenig weiter. Der eiskalte Wind fuhr hinein und wirbelte ein paar trockene Laubblätter vom Boden auf. Überrascht sah der Mann mit der Spritzpistole zuerst auf den Boden und dann zur Tür. Er entdeckte Pepper. Einen Augenblick lang schien er unschlüssig zu sein, dann aber kam er mit schweren Schritten auf den Detektiv zu. Pepper faßte unter seinen Mantel, dorthin, wo er manchmal in einem Schulterhalfter einen Revolver trug. Aber der lag zu Hause in der Kommode. »Guten Abend«, sagte Pepper.

Doch der Kompressor, an den die Spritzpistole angeschlossen war, machte viel zu viel Lärm. Der Lackierer konnte allenfalls bemerkt haben, daß der ungebetene Gast die Lippen bewegt hatte.

Immer näher kam der Mann. Die Spritzpistole hielt er wie eine Waffe im Anschlag. Dann stellte er den Kompressor plötzlich ab. Die Ruhe, die folgte, war fast übernatürlich.

»Guten Abend«, wiederholte Pepper.

»Wer sind Sie?« fragte der Lackierer.

»Pepper, Paul Pepper. Aber das wird Sie wohl kaum interessieren.«

»Und was suchen Sie hier, Paul Pepper?«

»Tja, genaugenommen den Wagen eines guten Bekannten. Ich glaube, Sie arbeiten gerade daran.«

Der Mann schob die Plexiglas-Schutzmaske auf die Stirn und sah Pepper aus zusammengekniffenen Augen an.

»Und wie haben Sie den Stall hier gefunden?«

»Ich bin dem Herrn gefolgt, der den 500er Mercedes, der jetzt dort drüben steht, gebracht hat.«

»Ach ja?« Der Lackierer schien noch immer um einen Entschluß zu ringen. Ganz sicher war er nicht der Mann, der Entscheidungen treffen konnte. Er tat, was man ihm befahl, aber eigene Initiative entwickelte er nicht. Das alles war Pepper ziemlich rasch klar. Aber er wußte auch, daß solche Leute, wenn sie in einer schwierigen Situation waren, oft einfach gewalttätig wurden. Der Lackierer griff nach einer schweren Eisenstange, die an der Wand lehnte. Der Wind warf die Tür gegen die Füllung. Die kalte Zugluft war für ein paar Augenblicke ausgeschlossen.

»Es war ein Fehler hierherzukommen«, sagte der Mann dumpf. Er wog bestimmt weit über zwei Zentner. Sein Kopf schien direkt auf den Schultern zu sitzen, und auf dem Kopf wuchsen kurze Stoppelhaare.

»Was wollen Sie denn tun?« fragte Pepper und wich einen Schritt zurück.

»Ich mache ein handliches Paket aus dir und vergrabe dich irgendwo.«

»Da ist nur ein Problem«, sagte Pepper möglichst kühl.

Der Riese blieb stehen und starrte ihn fragend an.

»Ich bin nicht alleine gekommen.« Pepper erinnerte sich plötzlich an den Ausspruch der Alten, nach einer Stunde wolle sie die Polizei und einen Leichenwagen rufen. Sie hätte es sicher nicht gesagt, wenn sie gewußt hätte, wie nahe sie damit der Wirklichkeit kam. Unwillkürlich mußte Pepper lächeln.

»Was grinst du denn so blöd?« fuhr ihn der Mann an.

»Das Grinsen wird dir schnell vergehen!«

Die Eisenstange fuhr mit ungeheurer Wucht nieder. Pepper hatte kaum Zeit gehabt, zur Seite zu springen. Jetzt rannte er zwischen den Autos in den hinteren Teil des Raumes. Der Mann folgte ihm. Er schwang die Eisenstange hoch über dem Kopf, und obwohl er Pepper bedrohlich näherkam, schlug er

nicht zu. Er hätte ja eines der kostbaren Fahrzeuge treffen können. Die letzten Wagen waren so dicht an die Rückwand herangefahren worden, daß kein Zwischenraum mehr frei war. Pepper sprang mit einem Satz auf den Kofferraum des letzten Wagens und von dort in die nächste Wagengasse hinunter. Sein Verfolger stieß einen wilden Fluch aus und blieb stehen. Entweder war er zu schwerfällig, oder er traute sich nicht, auf eines der frischlackierten Automobile zu steigen. Schwer atmend und noch immer die Eisenstange erhoben, stand er Pepper gegenüber – und zwischen den beiden ein nagelneuer Sechszylinder-Volvo.
Pepper bewegte sich ein wenig nach links, der Mann folgte. Dann ging der Detektiv ein paar Schritte nach rechts, und wieder ging der andere auf gleicher Höhe mit.
»Dieses Spiel können wir noch lange miteinander treiben!« sagte Pepper.
»Ich krieg' dich so oder so!« knurrte der Riese.
»Das hat schon mancher geglaubt und hat sich doch getäuscht.«
»Ich krieg' dich«, wiederholte der andere dumpf.
In diesem Augenblick öffnete sich die Tür an der Vorderfront, langsam, aber mit einem unüberhörbaren Knarren.
»Pepper!« rief Frau Scheringer, »sind Sie hier irgendwo?«
»Ja, am anderen Ende der Halle! Aber Vorsicht, kommen Sie nicht herein, warten Sie, bis die Polizei da ist. Das kann sich ja nur noch um ein paar Minuten handeln.«
»Aber draußen ist es bitterkalt!« entgegnete die Alte trotzig und tippelte ein paar Schritte in die Halle hinein.
Der riesige Lackierer schaute nun unsicher von Pepper zu Frau Scheringer und wieder zu Pepper. »Ihr wollt mich reinlegen. Die Polizei kommt bestimmt nicht!«
»Das können wir ja einfach abwarten«, gab Pepper fast heiter zurück.
»Der Chef sagt, von der Polizei käme keine Gefahr!« sagte der Mann.

»Ach ja?« Pepper sah den Mann interessiert an.
»Trotzdem, ich werde mal...« Der Lackierer ging langsam durch die Autogasse.
Pepper hielt sich auf gleicher Höhe. Plötzlich begann der Riese zu rennen. Mit langen, raumgreifenden Schritten hastete er an den Autos entlang. Die Eisenstange hielt er noch immer in seinen Händen. Pepper konnte nicht mithalten. Zu spät begriff er, was der große Mann vorhatte. Der Lackierer erreichte die Vorderfront der Autoschlangen ein paar Meter vor Pepper, kehrte dann plötzlich um und kam dem Detektiv in der gleichen Gasse entgegen. Er stieß ein bedrohliches Lachen aus, das von den kahlen Wänden der Autohalle zurückschallte, und holte weit aus. Pepper hatte keine andere Wahl. Er konnte nicht ausweichen, er konnte den Schlag nur unterlaufen. Tief geduckt sprang er nach vorne und gegen den massigen Körper seines Gegners. Mit beiden Armen umklammerte er dessen Brustkasten. Die Eisenstange fuhr nieder und sprang mit einem metallischen Klirren vom Betonboden zurück. Der Lackierer ließ seine Schlagwaffe fallen und packte nun seinerseits Pepper an den Schultern. Fast spielerisch stieß er ihn von sich weg, faßte ihn mit der linken Hand am Mantelkragen und holte mit der geballten rechten Faust zu einem Haken aus. Plötzlich aber gab er einen unartikulierten Laut von sich und sank in die Knie. Seine linke Hand ließ Peppers Mantelkragen los und rutschte, eine Farbspur hinterlassend, an dem Stoff hinunter bis zum Mantelsaum. Hinter ihm tauchte Frau Scheringer auf. Sie atmete schwer und hatte Schweißperlen auf der Stirn. In der Hand hielt sie ein Stemmeisen.
»Ist er ... ist er tot?« fragte sie mit zitternder Stimme.
Pepper schüttelte den Kopf. »Sie haben gut gezielt und nur die Schulter getroffen. Es wird nicht lange dauern, und er steht wieder auf. Alle Achtung, Alte! Und ... vielen Dank auch!«
Jetzt ging ein Strahlen über ihr Gesicht. »Nicht wahr, gemeinsam sind wir unschlagbar!«

»Na, darauf hätte ich vor zwei Minuten nicht einmal eine Tafel Schokolade gewettet. – Wir brauchen unbedingt Schnüre.«
»Da vorne an der Werkbank hängen ein paar dicke Stricke«, meinte die Alte.
Gemeinsam fesselten sie den schwergewichtigen Lackierer und legten ihm ein paar Rupfensäcke unter, damit er nicht direkt auf dem kalten Boden liegen mußte.
An der Wand über der Werkbank hing ein Telefon. Nacheinander rief Pepper die Polizei, Herrn Bergemaier und Direktor Sonnenschein an. Zu Jonnys Vater sagte er: »Sie können Ihren Wagen abholen, er hat allerdings an einer Seite einen halbfertigen, knallroten Zierstreifen.« Dann beschrieb er Bergemaier den Weg, weil der unbedingt eine Reportage für seine Zeitung über die entdeckte Lackiererei machen wollte.
Der Lackierer kam wieder zu sich und begann, langanhaltend und laut zu schimpfen. Pepper hörte ihm eine Weile zu, dann zog er eine Holzkiste unter der Werkbank hervor und setzte sich neben den am Boden liegenden Mann.
»Wer ist der Chef?« fragte er.
»Von mir erfährt keiner etwas!«
»Glauben Sie nicht, daß der Mann, der behauptet, von der Polizei hätten Sie nichts zu befürchten, Sie jetzt fallen läßt, wie eine heiße Kartoffel?«
»Was ich glaube, geht dich gar nichts an!«
»Aber der Mordversuch vorhin, als Sie mich mit der Eisenstange um die Ecke bringen wollten – daraus, mein Lieber, drehe ich Ihnen einen Strick, ob Sie's glauben oder nicht«, fuhr ihn Pepper böse an.
»Wer sagt denn, daß ich Sie umbringen wollte?«
»Ich sage das, und Frau Scheringer ebenfalls. Und sie wird vor jedem Richter eine glaubwürdige Zeugin abgeben.«
Der Mann drehte seinen Kopf, um zu der Alten hinüberzuschauen, und verzog dabei vor Schmerzen das Gesicht zu einer Grimasse. »Die hätte ja beinahe *mich* umgebracht!«

»Sie ist mir zu Hilfe gekommen, weiter nichts!«

»Sie hätte mich fast umgebracht!« wiederholte der Lackierer trotzig.

Pepper lächelte. »Kaum. Frau Scheringer ist über achtzig Jahre alt, soviel Kraft hat sie nun doch nicht. Ich mache Ihnen einen Vorschlag. Viel Zeit haben wir dafür nicht mehr. Also: Ich werde keine Anzeige wegen Mordversuchs erstatten, wenn Sie mir sagen, wer Sie angestellt hat, wer Sie bezahlt, wer hier mitmischt.«

Der Mann biß sich auf die Lippen. Er schien intensiv nachzudenken. Schließlich stieß er hervor: »Das Geld hole ich bei der Post ab, dort liegt es immer. – Postlagernd unter einem bestimmten Kennwort.«

»Unter welchem?«

»Siegellack.«

»Und Ihr Auftraggeber?«

»Kenne ich nur vom Telefon!«

»Hat er Sie denn auch telefonisch angestellt?«

»Nein, da hat mich ein anderer angesprochen. Ein Mitarbeiter vom Chef. Er nennt sich Albert, aber sicher heißt er nicht so.«

»Und Sie haben nie gefragt?«

»Das war die Bedingung. Keine Fragen.«

»Und Sie haben sich daran gehalten?«

»Ich werde gut bezahlt, sehr gut sogar!«

»Das kann ich mir denken. Und Sie haben keinerlei Hinweis, wer Ihr Boß sein könnte?«

»Nein!«

»Das glaube ich sogar«, brummte Pepper. »Wenn s mal brennt, wo rufen Sie da an? – Wen hätten Sie beispielsweise benachrichtigt, wenn Sie mich erwischt hätten?«

»Ich hätte unter einer bestimmten Nummer angerufen – die jede Woche wechselt. Meistens ertönt eine auf Tonband gesprochene Mitteilung mit der Aufforderung, eine Nachricht auf dem automatischen Anrufbeantworter zu hinterlassen.«

»Und dann ruft der Chef zurück?«
»Ja, genau!«
»Und wie ist die Nummer?«
»Sag' ich nicht!«
»Das ist aber nicht sehr freundlich!«
»Ne!«
»Also?«
»Ich sag' doch ne! Nein – nein!«
»Na dann!« Pepper zuckte die Achseln und erhob sich von der Kiste. Er drückte das Kreuz durch und atmete ein paarmal tief ein und aus. »Vielleicht finde ich ja doch noch etwas.«
Er untersuchte die Werkbank und einen Spind, der daneben stand. Dabei ging er ruhig und systematisch vor. Die Routine, die er in vielen Jahren seiner Ermittlungstätigkeit gewonnen hatte, war ihm anzusehen. Aber außer Arbeitskleidung, Schutzmasken und Handwerkszeug fand er nichts.
»Sehr professionell«, sagte er fast anerkennend, »da ist nichts, was uns auf irgendeine Spur führen könnte.«
Frau Scheringer deutete auf die weiß gekalkte Wand neben dem Spind. »Und das da?«
Irgend jemand hatte mit einem Bleistift eine sechsstellige Zahl auf die Wand gekritzelt.
»Sieht aus wie eine Telefonnummer.« Pepper ging zum Telefon, doch im gleichen Augenblick, als er die Wählscheibe zum ersten Mal drehen wollte, fuhr draußen ein Auto vor und hielt mit quietschenden Reifen. Pepper ließ den Hörer in die Gabel zurückfallen und notierte sich die Telefonnummer rasch auf die Manschette seines linken Hemdärmels. Die Tür wurde so heftig aufgestoßen, daß sie gegen die Wand knallte. Kommissar Rübenach, von Freund und Feind nur ›Rübezahl‹ genannt, stürmte herein.
Pepper wußte selbst nicht, ob er ein Freund oder ein Feind Rübezahls war. Sie kamen sich häufig gegenseitig in die Quere, und es kam jedesmal zu heftigen Auseinandersetzungen. Rübezahl

haßte Privatdetektive. Und gegen Pepper hegte er gelegentlich einen ganz besonderen Zorn; denn der war früher einmal selbst bei der Polizei gewesen – kein bequemer, aber ein sehr erfolgreicher Fahnder. Und seitdem er sich selbständig gemacht hatte, hatte er so manchen Fall aufklären können, bei dem Rübezahl nicht weitergekommen war. Gelegentlich wurde der Polizeichef wütend und schimpfte: »Schade, daß der Pepper weg ist. Der leistet mehr als Ihre ganze Abteilung, Rübenach!«
Nach solchen Gesprächen hatte Rübezahl oft mehrere schlaflose Nächte, und regelmäßig machte ihm dann auch seine Galle zu schaffen. Für Pepper war es in solchen Zeiten ratsam, dem Kommissar nicht unter die Augen zu treten. Es gab aber auch Fälle, bei denen beide am gleichen Strang zogen. Und dann kam fast ein kameradschaftliches Verhältnis zwischen ihnen auf.
Jetzt stand der rothaarige, vierschrötige Rübezahl breitbeinig unter der Tür und sah sich die Autohalle an.
Langsam erfaßten seine Augen Pepper.
»Schon wieder Sie!« brüllte er los. »Als ich hörte...« er unterbrach sich, wie es sonst Peppers Art war.
Frau Scheringer meldete sich: »Bleiben Sie ruhig, Herr Kommissar. Pepper hat immerhin etwas gefunden, wonach die Polizei schon seit Monaten sucht: Die Lackiererei des großen Clans!«
»Das ist es ja gerade. Wir suchen seit Monaten danach, und Pepper stolpert aus Versehen darüber. Er soll sein Glück bloß nicht mit Tüchtigkeit verwechseln!«
»So ist es«, sagte Pepper grinsend, »ich habe hier draußen mit Frau Scheringer einen kleinen, verträumten Abendspaziergang gemacht und bin aus Versehen und völlig überraschend an diesem Schuppen vorbeigekommen. Und da dachten wir uns, schauen wir doch mal rein...«
»Schluß jetzt!« donnerte Rübezahl. »Ich will einen anständigen Bericht!«

Pepper begann gerade damit, als Herr Bergemaier auftauchte. Das brachte Rübezahl vollends in Wut. Der Reporter ging ohnehin mehr als kritisch mit der Polizei um, und nun würde er sicher wieder am nächsten Tag irgend so einen Schwachsinn schreiben wie ›Privatdetektiv löst Fall im Alleingang, an dem die Polizei bereits verzweifelte!‹ Böse starrte er den Zeitungsmann an. »Was wollen Sie?«
»Unter anderem meinen Wagen abholen!«
»Was?«
»Ja, damit hat nämlich das Ganze begonnen«, sagte Pepper. Und nun berichtete er Punkt für Punkt, was bis zu diesem Zeitpunkt geschehen war. Die Nummer an der weiß gekalkten Wand verschwieg er allerdings.
Pepper hatte seine eigenen Pläne, die er sich auf keinen Fall von Rübezahl durchkreuzen lassen wollte.
Der Morgen dämmerte schon, als sie aus der Halle auf das freie Feld hinaustraten. Rübezahl atmete tief durch. »Eine gottverlassene Gegend!«
»Ideal für eine solche Lackierwerkstatt!« meinte Pepper.
»Keine Nachbarn, das ganze Umfeld ist einzusehen. Wer soll hier Verdacht schöpfen«, meinte Herr Bergemaier.
»Da stehen Autos drin, die insgesamt bestimmt einen Wert von einer halben Million haben«, fuhr Pepper nachdenklich fort, »und am Ende ist das die Menge von nur einem Monat.«
Rübezahl ging auf einen VW-Bus der Polizei zu, in dem einer seiner Kollegen den Lackierer verhörte.
»Was herausgekriegt?« fragte der Kommissar.
»Nur wer er ist, weiter nichts!«
»Und wer ist er?«
»Günter Kazura, 42 Jahre alt, Lackierer. Der Computer sagt: Nicht vorbestraft. Er wohnt hier im Dorf.«
»Danke!« sagte Rübenach knapp und wendete sich ab. Über die Schulter rief er: »Er kommt erst mal ins Untersuchungsgefängnis, übernehmen Sie das!«

»Jawohl!« antwortete der Beamte, der das Verhör führte. Pepper und Frau Scheringer gingen dicht nebeneinander über den Feldweg auf den Dorfrand zu, wo der Detektiv sein Auto abgestellt hatte. Der Kommissar sah den beiden nachdenklich hinterher.
»Dankeschön, Pepper!« brummte Rübezahl leise.

Ein Stein per Luftpost

»Jetzt lohnt es sich nicht mehr, ins Bett zu gehen«, meinte Pepper, als er seinen Wagen vor der *Grünen Idylle* ausrollen ließ. »Ich mache uns einen starken Kaffee!«
Frau Scheringer nickte. »Im Alter braucht man sowieso nur noch wenig Schlaf!« Sie stieg umständlich aus und sagte über das Autodach hinweg zu Pepper, der gerade die Tür abschloß: »Ist das nicht ungerecht? Im Alter, wenn man ohnehin nicht mehr so aktiv ist, braucht man mit einem Mal weniger Schlaf!«
Pepper lachte. »Sie haben's nötig! Nicht mehr so aktiv! Zuerst sagen Sie, Sie bleiben im Wagen sitzen, dann schleichen Sie mir heimlich nach, und schließlich setzen Sie auch noch diesen Riesenkerl außer Gefecht.«
»Na ja, mir war eben langweilig geworden in Ihrem Auto. Außerdem habe ich gefroren.«
Sie gingen langsam nebeneinander her. In der Nacht war ein wenig Neuschnee gefallen – gerade soviel, um die Fußspuren vom Vortag zu überdecken. Am Horizont schob sich die Sonne wie ein roter Ball hinter den Häusersilhouetten empor. Pepper half der Alten die Stufen hinauf und öffnete die Tür des Salonwagens. Das Feuer im Kanonenofen war ausgegangen. Pepper zerknüllte Zeitungspapier und suchte Holzspäne zusammen.

Bald schon bullerte der Ofen wieder gemütlich vor sich hin und strahlte eine angenehme Wärme aus. Die Kaffeemaschine dampfte und gluckerte, und ein angenehmer Duft zog durch den schmalen Raum.
Die Alte beugte sich weit hinab und massierte ihre Füße. »Wenn ich nur besser gehen könnte«, sagte sie, »dann könnte ich wirklich noch etwas leisten!«
»Also mehr wäre bestimmt zuviel!« meinte Pepper. Er stellte Tassen, Milch und Zucker auf den Tisch.
»Das mit der Zahl an der Wand«, Frau Scheringer streckte jetzt ihre Beine weit von sich, »also, ich verstehe nicht ganz, warum Sie dem Rübezahl nichts davon gesagt haben. Für den ist es doch ein leichtes herauszubekommen, auf welchen Namen der Telefonanschluß gemeldet ist.«
»Das kann ich auch. Und im übrigen, wenn er selber nicht darauf kommt...«
Der Kaffee war fertig, Pepper goß ein. »Der Clan ist eine große Organisation«, sagte er nachdenklich. »Er macht vor allem den Versicherungen zu schaffen. Ich habe gehört, daß sich die betroffenen Versicherungsunternehmen zusammengeschlossen haben. Es wurde eine ziemlich hohe Belohnung ausgesetzt.«
»Und die wollen Sie sich holen?« Die Alte war plötzlich ganz aufgeregt. »Da bin ich dabei. Endlich mal wieder ein Fall, bei dem Sie ordentlich etwas verdienen können.«
»Na ja, ich bin ja nicht unbescheiden. In den letzten Jahren habe ich ein paar schöne große Fische im Netz gehabt. Das Geld ist gut angelegt. So ein armer Schlucker wie noch vor fünf oder sechs Jahren bin ich nicht mehr!«
Frau Scheringer sah ihn mißtrauisch an. »Heißt das, Sie wollen sich nicht mit dem großen Clan befassen?«
»Man muß seine Grenzen kennen, Alte.«
»Unsinn! Man muß seine Grenzen immer wieder aufs neue suchen, sich herantasten. Meistens kann man viel mehr, als man sich selber zutraut.«

»Es soll aber auch den umgekehrten Fall geben!«
»Nicht bei Ihnen, Pepper. Sie sind zu bescheiden. Ich sage Ihnen, wir packen den großen Clan, samt seinen geheimnisvollen Chefs.«
Irgendwo im Salonwagen klingelte ein Wecker.
»Um diese Zeit stehe ich sonst auf!« meinte Pepper.
Er ging durch eine schmale Tür in den Nachbarraum, wo er sich sein Schlafzimmer eingerichtet hatte. Kurz darauf verstummte das schrille Klingeln. Pepper kam zurück, ging zum Telefon, schob seinen Jackenärmel hoch und las die Nummer ab, die er sich in der Autohalle auf die Manschette notiert hatte. Langsam, fast bedächtig, drehte er die Wählscheibe. Er wartete einen Augenblick, bekam dann offensichtlich Verbindung. Eine tiefe, rauhe Stimme meldete sich knapp: »Ja?«
»Hallo!« machte Pepper, und er versuchte dabei, die Stimme des Lackierers zu imitieren. Er war überrascht, denn eigentlich hatte er nur einen automatischen Anrufbeantworter erwartet.
»Wer ist da?«
»Kazura!«
»Und?«
»Die Bullen!«
»Was?«
»Ja, sie haben alles umstellt!«
»Zünden Sie den Schuppen an!«
»Und weiter?«
»Was weiter?« Die Stimme klang ungeduldig.
»Was soll ich dann tun?«
»Ihre Sache!« Der Mann am anderen Ende legte auf.
Pepper wählte sofort neu. Diesmal mußte er länger warten, bis sich jemand am Telefon meldete.
»Ja, hier Koch!«
»Pepper, hier Paul Pepper. Grüß dich, Matthias!«
»Sag mal, hast du keine Uhr?«
»Doch, natürlich!«

»Es ist noch nicht einmal sieben Uhr!«

»Ich bin einer großartigen Sache auf der Spur und muß deshalb unbedingt wissen, auf welchen Namen folgender Telefonanschluß gemeldet ist.« Er gab die Nummer durch.

»Das dauert aber ein bißchen!« antwortete der Mann am anderen Ende der Leitung.

»Mach eben, so schnell du kannst«, entgegnete Pepper und legte auf.

»Ich muß jetzt los«, sagte die Alte. »Meine ersten Kunden kommen bereits kurz nach sieben Uhr. Kann ich mir von dem Kaffee etwas in meine Thermoskanne füllen?«

»Natürlich«, erwiderte Pepper, »und außerdem haben Sie noch ein paar Wünsche mehr frei. Vermutlich haben Sie mir heute nacht das Leben gerettet!«

Es war Frau Scheringer anzusehen, wie stolz sie war.

Eine halbe Stunde später rief Peppers Freund, Matthias Koch, zurück. »Die Nummer ist erst vor drei Tagen angemeldet worden. Der Teilnehmer heißt EXIM, das setzt sich wohl aus Export und Import zusammen.«

»Gib mir mal die Adresse, bitte.«

»Parlerstraße 18.«

»Das ist irgendwo im Industriegebiet, nicht wahr?«

»Ja, im Ostend.«

»Vielen Dank.«

Die Parlerstraße verlief in einem langgezogenen Bogen. Links und rechts standen kleine Fabriken, Lagerschuppen und dazwischen mehrgeschossige Verwaltungsgebäude – eine häßliche Straßenfront aus unharmonisch zusammengewürfelten Bauten. Pepper fuhr langsam und suchte nach der Nummer 18. Doch die gab es nicht. Zwischen der Nummer 16 und der Nummer 20 stand ein quaderförmiger Bau aus Fertigbauteilen ohne Hausnummer. Er wirkte abweisend. An allen Fenstern waren die Rolläden herabgelassen. Auf dem kleinen Parkplatz standen keine Autos. Pepper ließ seinen Wagen ausrollen und blieb unbeweglich sitzen. Nach ein paar Minuten angelte er eine Pfeife und einen Tabakbeutel aus der Tasche und begann, in aller Gemütsruhe den Pfeifenkopf zu stopfen. Den Eingang des quaderförmigen Gebäudes beobachtete er im Rückspiegel. Paul Pepper war ein geduldiger Mensch. Wenn er etwas beobachtete, konnte er stundenlang ausharren. Wie eine Katze, die auf der Lauer liegt.

Er steckte die Pfeife zwischen die Zähne, zündete sie aber nicht an. Es mochte eine Stunde oder auch mehr vergangen sein, als sich sein Körper straffte. Ein Kleinmotorrad näherte sich. Pepper erkannte den Fahrer sofort wieder. Es war derselbe, der den Autodieb vor Direktor Sonnenscheins Villa abgesetzt und ihn später vor der Autohalle wieder abgeholt hatte.

Dem Motorrad folgte ein Kleintransporter von einer Autovermietung. Der Motorradfahrer sah sich vorsichtig um, schien aber nichts Beunruhigendes zu bemerken. Er gab dem Mann im Kleinlastwagen ein Zeichen und stellte, dann seine Maschine am Straßenrand ab. Der Transporter wurde rückwärts in die Einfahrt zu dem verlassenen Gebäude rangiert.

Die beiden Männer waren kaum älter als zwanzig Jahre. Sie trugen beide schwarze Motorradkombinationen, die mit zahllosen Nieten verziert waren, außerdem Stiefel mit hohen Absätzen und roten Stulpen. Auf Pepper wirkten sie wie in Uniform.

Der Motorradfahrer ließ die hintere Ladeklappe des Kleinlastwagens herunter und schloß die Tür zum Haus auf. Pepper stieg aus seinem Auto. Jetzt zündete er seine Pfeife an und schlenderte wie von ungefähr auf das Gebäude zu. Der Motorradfahrer sah ihm mißtrauisch entgegen.

»Morgen!« grüßte der Detektiv.

Der junge Mann brummte eine unverständliche Antwort.

»Ich hätt' mal ne Frage!« Pepper spuckte ein wenig Tabaksaft aus und fuhr sich mit dem Handrücken über die Lippen.

Der andere sah ihn nur an.
»Wird da was frei? Ich meine, sieht ja so aus, als ob Sie ausziehen.«
»Da wird nichts frei, wir verladen nur ein paar Sachen!«
»Ach so. Ja, dann!« Pepper blieb scheinbar unschlüssig stehen. Er beobachtete aus den Augenwinkeln, daß die beiden Männer vor allem Kartons aufluden, die bereits gepackt waren.
»Wem gehört denn das Haus? Steht gar nichts dran!« sagte Pepper.
»Zieh weiter, Opa«, rief jetzt der junge Mann, der den Transporter gesteuert hatte, »wir haben's eilig und können hier nicht herumdiskutieren.«
»Wer redet denn von herumdiskutieren. Ich habe eine einfache Frage gestellt, auf die man eine einfache Antwort geben kann. Wem gehört das Gebäude?«
Die beiden Männer gingen ins Haus, ohne zu antworten. Einer pfiff laut vor sich hin.
»Na, dann eben nicht«, rief ihnen Pepper nach und griff gleichzeitig in einen offenen Karton, der ganz hinten auf der Ladefläche stand. Er zog einen schmalen Aktenordner heraus und ließ ihn unter seinem Mantel verschwinden. Dann ging er leise vor sich hinschimpfend davon.
Er hörte noch, wie einer der beiden jungen Männer sagte: »Was meinst du, sollen wir den Vorfall melden?«
»Quatsch«, antwortete der andere.
Pepper hatte seinen Wagen gerade erreicht, als der Transporter anfuhr. Er gehörte einer bekannten Autovermietung. Die Mühe, sich dort nach dem Mieter zu erkundigen, konnte sich Pepper sparen. Die hatten das Fahrzeug bestimmt unter falschem Namen geliehen.
Doch eines konnte er versuchen, dem Transporter zu folgen. Jetzt herrschte allerdings Hochbetrieb auf den Straßen. Der Fahrer des Kleinlastwagens war äußerst geschickt in seiner Fahrweise. Er nützte jede Lücke und schaffte es bereits an der

dritten Ampel, gerade noch bei Gelb durchzufahren, während Pepper drei Autos hinter ihm anhalten mußte. Der Kleintransporter entschwand Peppers Blicken, und es gelang ihm nicht mehr, das Fahrzeug zu finden.

Pepper ärgerte sich nicht. Er war noch am Anfang seiner Ermittlungen, und mit solchen Rückschlägen mußte man immer rechnen. Also fuhr er weiter in Richtung Innenstadt, schaltete das Autoradio an und hörte der klassischen Musik zu, die gerade gesendet wurde. Er fühlte sich trotz der durchwachten Nacht eigentlich ganz wohl. Die Müdigkeit würde erst später kommen, das kannte er.

Vor einem Versicherungsgebäude stellte er sein Auto ins Halteverbot. Er ließ sich bei Direktor Mehlkopf anmelden. Sie kannten sich schon seit Jahren. Mehlkopf ließ dem Detektiv gelegentlich einen Auftrag zukommen.

»Was würden Sie sagen, wenn ich den großen Clan auffliegen lassen könnte?« fragte Pepper nach den üblichen Begrüßungsfloskeln.

»Die ganze Versicherungsbranche würde vor Ihnen auf den Knien liegen, Pepper. Ich habe bereits gehört, daß Sie ein paar gestohlene Autos gefunden haben. Dafür erhalten Sie schon eine ganz schöne Prämie. Immerhin ist das der erste Schlag, der den Clan empfindlich treffen muß.«

»Sie würden also mit mir zusammenarbeiten?« fragte Pepper vorsichtig.

»Ja, sicher!«

»Geben Sie mir einen offiziellen Auftrag?«

»Tja, das ist schon etwas schwieriger.«

Pepper sah den Versicherungsdirektor ärgerlich an.

»So stellen Sie sich das also vor. Ich soll auf eigenes Risiko arbeiten, und wenn ich dann Erfolg habe, steigen Sie mit ein.«

Mehlkopf drehte seine Hände hin und her. »Sie können schließlich jetzt mit einer Belohnung dafür rechnen, daß Sie die Autos gefunden haben.«

»Das ist es ja gerade, was ich meine. Sie zahlen nur bei Erfolg und scheuen sich, einen Auftrag zu vergeben. So ist es doch!« Mehlkopf ließ sich nicht aus der Ruhe bringen. »Sie sind ungerecht, Herr Pepper. Schließlich sind Sie von sich aus zu mir gekommen. Ich habe Sie nicht hergebeten!«
Peppers gute Stimmung war mit einem Mal verflogen. Mißgelaunt und ohne Gruß verließ er das teuer ausgestattete Büro des Versicherungsdirektors. Pepper bildete sich ein, daß Mehlkopf ihn nur deshalb so behandelte, weil er nun schon bald sechzig Jahre alt war. Vermutlich beauftragte das Versicherungsunternehmen einen jungen, cleveren Kollegen oder eines der großen Detektivbüros mit zehn oder fünfzehn Mitarbeitern. Ärgerlich trat er gegen einen Stein. Und dann steckte auch noch ein Strafzettel an seiner Windschutzscheibe: Parken im absoluten Halteverbot, DM 40,–.
Pepper zerknüllte das blaue Papier, setzte sich hinters Steuer und fuhr viel zu schnell los. Ein Fahrzeug, das von hinten kam, sah er zu spät. Der Fahrer des anderen Wagens konnte nicht mehr ausweichen und rammte Peppers Auto so, daß der linke hintere Kotflügel und der halbe Kofferraum eingedrückt wurden. Pepper blieb einen Augenblick still hinter dem Lenkrad sitzen und sagte ganz leise: »Ruhig bleiben, ganz ruhig bleiben, Paul. Geh ihm nicht an die Kehle. Du bist selber schuld. Lächle, Paul, lächle!« Dann erst stieg er aus, hob beschwichtigend beide Arme und rief: »Ich gebe zu, daß ich schuldig bin!«
Der andere Autofahrer erwiderte das Lächeln. »Halb so schlimm!«
Sie tauschten ihre Visitenkarten, versprachen sich gegenseitig, den Fall ohne Polizei und nur über ihre Versicherungen zu regeln, und trennten sich wieder. Pepper bog das Schutzblech so weit auf, daß er wieder fahren konnte, ohne daß der Reifen von innen am Radkasten scheuerte.
Sodann beschloß er, aufs Land zu fahren und an diesem Tag nichts mehr zu unternehmen. Er rechnete sich aus, daß er von

den Versicherungen zwei Prozent des Wertes der wiedergefundenen Autos bekommen müßte. Das waren bei rund 500000 Mark immerhin 10000 Mark. Dafür konnte er sich gut ein gebrauchtes Auto kaufen, und es blieb ihm immer noch etwas übrig. Seine Laune besserte sich, als er den Stadtrand passierte und der klaren Wintersonne entgegenfuhr.

Als Pit, Jonny und Arnica am Nachmittag vor Peppers Eisenbahn-Salonwagen standen, zogen sie vergeblich an der feingliedrigen Metallkette.
»Sollen wir auf ihn warten?« fragte Jonny.
»Wer weiß, wann er kommt!« meinte Pit, der Älteste; ein hochgewachsener sechzehnjähriger Junge mit einem ungewöhnlich ernsten Gesicht.
»Vielleicht hat er uns eine Nachricht hinterlassen«, warf Arnica ein. Es war typisch für sie, daß sie nicht gleich wieder umkehren wollte. Das Mädchen gab nie auf, bevor nicht alle Möglichkeiten ausgeschöpft waren.
Der Schlüssel wurde mit einem Magnet unter der Treppe festgehalten. Das Versteck kannten nur die drei jungen Leute und Frau Scheringer. Pit schloß auf. Aber da war keine Nachricht. Der Salon sah ein wenig unaufgeräumt aus. Zwei Kaffeetassen, eine leere Kaffeekanne, eine Milchtüte und die Zuckerdose standen auf dem Tisch.
»Pepper muß heute morgen schon Besuch gehabt haben«, meinte Jonny.
In diesem Augenblick klingelte das Telefon. Pit ging ran. Das war mit Pepper so besprochen. Oft machte sogar einer von ihnen Telefondienst, wenn der Detektiv zu wichtigen Ermittlungen unterwegs war.
»Hier bei Pepper!« meldete sich Pit. Er hatte eine ziemlich tiefe Stimme und konnte ohne weiteres am Telefon auch für einen Erwachsenen gehalten werden.
Sein Gesprächspartner hatte wohl nicht richtig hingehört, denn

er bellte jetzt: »Hören Sie zu, Pepper. Sie halten sich da heraus, verstanden? Wer versucht, dem Clan in die Quere zu kommen, bezahlt das mit dem Leben. Also stillhalten, sonst knallt's!«
Der Hörer wurde aufgelegt. Pit war bleich geworden.
»Was hast du denn?« fragte Arnica aufgeregt, »wie siehst du denn plötzlich aus?«
»Eine Morddrohung!« stieß Pit hervor. »Mann, war das eine unangenehme Stimme, mich friert's jetzt noch!«
Er gab genau wieder, was der Mann gesagt hatte.
»Wir müssen Pepper warnen!« rief Jonny aufgeregt.
»Sobald wir ihn finden«, sagte Pit.
»Vielleicht weiß Frau Scheringer...« weiter kam Arnica nicht.
Die Scheibe des Türfensters zerbrach mit einem lauten Klirren.
Ein schwerer Gegenstand polterte in den Salon.
Pit schrie: »Hinlegen!« Aber keiner folgte der Aufforderung, auch er selber nicht.
Alle starrten auf den Gegenstand, der durchs Fenster hereingeflogen war. Zwischen zahllosen Glasscherben lag ein schwerer Stein, um den ein Stück Papier gewickelt war, das mit mehreren Gummis festgehalten wurde.
»Ich habe gedacht, es sei eine Bombe«, sagte Pit wie zur Entschuldigung.
»Sieht eher aus wie eine besondere Art von Luftpost«, meinte Jonny.
Arnica war inzwischen in die Hocke gegangen und versuchte zu lesen, was auf dem Papier stand. Aber sie konnte nur die Wörter ›Brandsatz‹, ›Einmischung‹ und ›idiotisch‹ lesen. »Das gibt keinen Zusammenhang«, sagte sie.
Jonny beugte sich über das seltsame Geschoß. »Wir müssen die Gummis wegmachen und das Papier glätten.«
»Bist du verrückt«, fuhr Pit dazwischen, »da sind vielleicht verwertbare Fingerabdrücke dran!«
»Tja«, machte Jonny, »dann setzen wir uns um das ominöse Ding herum und starren es an, bis Pepper kommt. Kalt wird's

außerdem. Das zieht wie Hechtsuppe durch das Loch im Fenster!«
Pit, der außerordentlich praktisch veranlagt war, hatte sich bereits umgesehen und einen Karton entdeckt. Er dichtete, so gut es ging, das Fenster ab. Arnica kehrte inzwischen die Scherben zusammen. Dann holten sie Spielkarten aus einem Regal und begannen ›Mau Mau‹ zu spielen, um so die Zeit zu verbringen, bis Pepper kam.
Es dauerte drei Stunden. Der Detektiv sah als erstes das Loch im Türfenster. Vorsichtig pirschte er sich heran, stieß die Tür auf und sprang einen Schritt zurück.
»Keine Bewegung!« schrie er.
Arnica, Pit und Jonny blieben wie angewurzelt sitzen. Nicht einmal die Karten in ihren Händen wackelten.
»Ach, ihr seid's! Wer von euch hat die Scheibe kaputtgemacht? Das hat mir gerade noch gefehlt. Erst der widerwärtige Mensch bei der Versicherung, dann der Strafzettel, dann der Unfall, und jetzt schlägt einer von euch auch noch meine Scheiben ein!«
»Erstens einmal ist es nur eine Scheibe und nicht Scheiben in der Mehrzahl«, begehrte Jonny auf, »und zweitens waren wir es gar nicht!« Er deutete auf das Geschoß, das unverändert am Boden lag.
Jetzt entdeckte auch Pepper den papierumwickelten Stein. Er nahm ein Taschentuch aus der Tasche, legte es um das Wurfgeschoß und hob es mit spitzen Fingern auf. Er setzte den Stein auf dem Tisch ab und holte eine Lupe, um alles genau zu untersuchen.
»Keine Fingerabdrücke«, brummte er nach einer Weile, »hätte mich auch gewundert. Wir haben es hier ja auch nicht mit Amateuren zu tun. Außerdem trägt bei dieser Kälte jeder Handschuhe!«
Endlich kam Pit dazu, von dem Telefonanruf zu berichten. Pepper hörte aufmerksam zu, während er das Papier von dem Stein löste.

»Mhm«, machte er schließlich, »das Ding hier soll die Drohung noch verstärken.« Er las vor:

```
Pepper, das nächste Mal ist es kein Stein,
sondern ein Brandsatz - und Ihr schöner Wagen
geht in Flammen auf. Ihre Einmischung ist
idiotisch. Wir lassen uns nicht von Ihnen aus
dem Konzept bringen. Da steht zu viel auf dem
Spiel. Nehmen Sie zur Kenntnis, wir schrecken
vor nichts zurück!
```

Der Text war mit einer elektrischen Schreibmaschine mit gängigen Typen geschrieben.
»Mir fällt da etwas auf«, sagte Pit nachdenklich.
Die anderen sahen ihn fragend an. Langsam und wie nach Worten suchend, fuhr der Junge fort: »Das klingt wie ... wie soll ich sagen ... wie ein Geschäftsbrief, den einer diktiert. Versteht ihr, was ich meine?«
»Ich verstehe nur Bahnhof«, rief Jonny.
Aber Pepper gab Pit recht. »Ja, das ist es. Die Formulierungen deuten darauf hin, daß sie von einem Menschen stammen, der gewohnt ist, Geschriebenes zu formulieren.«
»Meint ihr einen Reporter, wie meinen Vater?« fragte Jonny dazwischen.
»Nein, eher einen Manager in einem Wirtschaftsunternehmen. Einer, der gerade mal ruft: Fräulein, bitte zum Diktat und dann die paar Zeilen angibt. Auf jeden Fall spricht der hier anders als zum Beispiel der Lackierer draußen in der Autohalle.«
»Und was kann man daraus schließen?« wollte Arnica wissen.
»Vorerst noch gar nichts«, erwiderte Pepper. »Aber es ist ein kleiner Hinweis.«
»Und Sie sind in Gefahr!«

»Och, ich werde schon auf mich aufpassen, Arnica!«
»Aber Sie kennen doch Ihre Gegner gar nicht«, sagte Pit.
»Tja, das ist allerdings unangenehm«, gab Pepper zu. »Der Chef des Clans ist ein Phantom. Vielleicht kenne ich ihn sogar, möglicherweise bin ich ihm schon oft begegnet. Nur, woher weiß der Kerl, oder wissen die Kerle, daß ich die Autohalle entdeckt habe? Heute stand noch nichts darüber in der Zeitung. Nur Rübezahl und die Beamten, die heute nacht mit dort draußen waren, wissen etwas davon. Und natürlich dieser Lackierer, aber der sitzt auf Nummer Sicher.«
»Na ja, vielleicht hat er schon Besuch gehabt, von seinem Anwalt zum Beispiel und konnte eine Nachricht hinausschmuggeln«, gab Pit zu bedenken.
»Stimmt, so könnte es gewesen sein.«
»Und dann waren ja auch noch Jonnys Vater und Frau Scheringer dabei«, warf Arnica ein.
Pepper zupfte sich am Ohrläppchen. »Ja, wenn die Alte etwas Spannendes erzählen kann, behält sie es bestimmt nicht für sich. Schließlich kommen viele ihrer Kunden nur deshalb an den Kiosk!«
Pepper rätselte noch lange, wie die Nachricht den Clan erreicht haben konnte. Die Alte schwor Stein und Bein, daß sie kein Wort gesagt habe. Bei Herrn Bergemaier war das sowieso selbstverständlich, weil er ohnehin in ständiger Angst lebte, ein anderer Reporter könnte etwas davon erfahren. Der Lackierer Kazura hatte noch keinen Besuch bekommen. Er hatte nicht einmal telefoniert. Wo also war das Loch? Bei der Polizei vielleicht? Oder hatte Direktor Sonnenschein geplaudert?
Pepper rief ihn an.
»Sie sind wirklich ein tüchtiger Mann«, sagte der Direktor anerkennend, »das nenne ich schnelle und saubere Arbeit. Wenn ich einmal einen Detektiv brauche, weiß ich, an wen ich mich wenden werde. Nun aber zu Ihnen, kann ich irgendwie helfen?«
»Haben Sie mit irgend jemandem darüber gesprochen – ich

meine, daß Sie Ihren Wagen wiederbekommen haben?« Pepper ärgerte sich über den ungeschickten Satz.
»Ja, natürlich. Ich war heute zum Mittagessen im meinem Klub. Sie müssen wissen, ich bin Saleryaner. Wir essen einmal in der Woche gemeinsam. Da ist Präsenzpflicht, also jeder muß kommen«, erklärte der Direktor unnötigerweise.
Pepper schickte einen verzweifelten Blick zur Decke. Wann kam der Mann endlich zur Sache?
»Beim Essen habe ich natürlich erzählt, daß Sie mich angerufen haben, daß ich Ihnen freie Hand gelassen habe und daß Sie bereits sechs oder sieben Stunden später gemeldet haben, mein Wagen sei gefunden. Ich hab' ganz schön Furore gemacht mit meiner Story!« Dem Satz folgte ein selbstgefälliges kleines Lachen.
»Könnten Sie mir wohl sagen, wer bei Ihnen am Tisch saß?« Plötzlich veränderte sich die Stimme Sonnenscheins. Frostig gab er zurück: »Das werde ich nicht tun. Am Ende setze ich meine Salery-Brüder Ihren Schnüffeleien aus!« Er legte abrupt auf.
Pepper starrte den Telefonhörer in seiner Hand an, als hätte er eine giftige Schlange in den Fingern. »Schnüffeleien!« knurrte er. »Erst bin ich der große Held und gleich darauf der miese, kleine Schnüffler. Aber so einfach kommt er mir nicht davon!«
Arnica und die beiden Jungen sahen ihn verständnislos an. »Was ist passiert?« fragte Pit.
»Er hat im Saleryaner-Klub von dem Autodiebstahl erzählt. Dort treffen sich regelmäßig zwei oder drei Dutzend einflußreiche Bürger. Sie sprechen über ihre Geschäfte und hängen dem Ganzen ein gesellschaftliches Mäntelchen um. Und jetzt will er nicht sagen, wer ihm alles zugehört hat. Dabei wäre das eine Spur, da bin ich ziemlich sicher. Die Chefs des großen Clans verstecken sich bestimmt hinter den Masken von braven Biedermännern. Solche Leute müssen geradezu bei den Saleryanern verkehren!«

»Dann muß man eben auf anderem Wege versuchen herauszubekommen, wer normalerweise zu Sonnenscheins Tischpartnern gehört«, sagte Pit in seiner langsamen, nachdenklichen Art.
»Und natürlich weißt du auch schon wie!« erwiderte Pepper gereizt.
»Ein Klassenkamerad von mir war schon mal im Saleryaner-Klub.«
»Unsinn, da werden Kinder und Jugendliche gar nicht hineingelassen.«
»Er war ja auch nicht als Gast dort, sondern als Botenjunge. Pikkolo werden sie dort genannt, wie die kleinen Sektflaschen. Sie bringen den Herren die gewünschten Zeitungen, holen sie ans Telefon, wenn sie verlangt werden, helfen beim Essen servieren und vor allem beim Abräumen und so weiter.«
»Und du meinst, wir könnten deinen Klassenkameraden in die ganze Geschichte einweihen?«
»Nein, aber ich überlege mir, was er dafür verlangt, wenn er ein Wochenende krank spielt und mich als Vertretung hinschickt.«
»Genial!« rief Arnica begeistert.
»Ich weiß nicht«, sagte Pepper zögernd. »Die haben doch ihre Spitzel überall und wissen vielleicht schon, daß du regelmäßig zu mir kommst.«
»Das glaube ich nicht. Die wissen ja erst seit dem Mittagessen, daß Sie da mitmischen – vorausgesetzt, die Theorie mit den Saleryanern stimmt. Wenn nicht, brauchen wir auch keine Angst zu haben.«
»Eigentlich logisch«, gab Pepper zu. »Dann darfst du dich aber bis zum Samstag nicht mehr bei mir sehen lassen.«
»Das ist ja schon übermorgen.«
»Und heute abend mußt du dich auf Schleichwegen davonstehlen. Arnica und Jonny können dafür um so mehr Krach machen.«
»Mit dem größten Vergnügen«, johlte Jonny und begann, so

laut und falsch zu singen, daß sich die anderen die Ohren zuhalten mußten.
Kurz darauf verließen die Kinder ihren Freund Pepper. Pit ging als erster, nahm aber nicht den üblichen Weg, sondern schwang sich über den Zaun hinter Peppers Wohnwagen in den Nachbargarten und schlich sich im Schutz einer dicken Tannenhecke zur Straße vor. So kam es, daß er den Mann sah, der auf Beobachtungsposten stand, selbst aber nicht gesehen wurde. Es war einer der beiden jungen Männer im schwarzen Lederzeug. Er stand in einem Hauseingang, hatte eine brennende Zigarette zwischen den Lippen und schlug in unregelmäßigen Abständen die Arme um seinen Oberkörper.
Arnica und Jonny kamen lärmend aus Peppers Grundstück. Sie bewarfen sich mit Schneebällen und lachten dabei. Pit sah, wie sich der Mann im Hauseingang ein wenig vorbeugte und die beiden genau beobachtete.
Zehn Minuten später war Pit zu Hause. Seine Mutter war nicht da. Sie arbeitete seit geraumer Zeit in einem Krankenhaus und hatte abends oft lange Dienst. Er strich sich ein Butterbrot und rief dann Pepper an.
»Sie werden tatsächlich observiert«, sagte er. »Im Eingang von Nummer 34 steht so ein Typ, der Ihr Grundstück beobachtet. Er macht allerdings einen ziemlich anfängerhaften Eindruck. Zum Beispiel raucht er, so daß man die Glut seiner Zigarette bis zu Ihrem Salonwagen sieht.«
Pepper bedankte sich. Seine Stimme klang dabei sehr ernst.

Beschattung mit kleinen Fehlern

Pit wurde mit seinem Klassenkameraden am nächsten Tag schnell einig. »Wenn du mir meinen Verdienstausfall zahlst, geht von mir aus alles in Ordnung«, sagte der.
»Mit Trinkgeldern komme ich auf glatte einhundert Mark. Du wirst es ja selbst sehen.«
Pit pfiff durch die Zähne. »So einen Job hätte ich auch gern.«
Der andere sah ihn mißtrauisch an. »Versuche bloß nicht, ihn mir wegzuschnappen!«
»Aber das ist doch Ehrensache!« antwortete Pit aufgebracht. Wie konnte ihm der Klassenkamerad nur so etwas zutrauen.
Am Nachmittag ging er in den Klub der Saleryaner. Dieser befand sich in einem alten Jugendstilhaus in der Stadtmitte. Pit mußte am Haustor klingeln und über eine Gegensprechanlage mitteilen, was er wollte. Hinter dem Haustor kam er in einen großen Vorraum, der ebenso wie die breite Treppe mit einem tiefroten Teppich ausgelegt war. Am Fuß der Treppe saß hinter einem Tisch ein Mann in einer blaugelben Uniform. Er hatte ein schmales Vogelgesicht und musterte Pit abweisend.
»Du willst dich also vorstellen?«
»Ja, aber ich will mich nicht für einen Job bewerben. Es geht nur darum, Peter Sander zu vertreten. Er liegt nämlich mit einer eitrigen Mandelentzündung im Bett.«
»Ja, ich weiß, er hat angerufen. War kaum zu verstehen, so eine Stimme hat er von seiner Erkältung.«
Der Mann mit dem Vogelgesicht musterte Pit von Kopf bis Fuß. Schließlich nickte er. »Du machst keinen schlechten Eindruck.« Er hüstelte ein wenig und hielt sich dabei geziert den

Handrücken vor den Mund. »Aber bei uns kommt es natürlich auch auf die Umgangsformen an. Du darfst nie einen der Herrn von dir aus ansprechen. Wünsche, die geäußert werden, sind unverzüglich zu erledigen. Was immer du in diesem Haus beobachten magst – draußen darfst du nicht darüber reden!«
Pit war seltsam berührt von der schulmeisterlichen Art des Mannes. Außerdem tat er gerade so, als ob das Innere dieses Hauses Welten von allem trennen würden, was außerhalb dieser Mauern war.
»Hast du alles verstanden?« fragte der Mann.
»Ich glaube schon. Würden Sie mir bitte Ihren Namen sagen, damit ich weiß, wie ich Sie ansprechen muß?«
Der Mann mit dem Vogelgesicht nickte anerkennend. »Sehr aufmerksam. Ich werde von den Klubmitgliedern Jean genannt, obwohl ich bürgerlich Johannes Vogel heiße.«
Pit mußte sich das Lachen verkneifen. Jean sah also nicht nur aus wie ein Vogel, er hieß auch noch so!
»Und du heißt Peter Küster. Was ist dein Vater?«
»Werkzeugmacher, aber meine Eltern sind geschieden. Ich lebe bei meiner Mutter.«
Vogel verzog das Gesicht, als ob ihm diese Nachricht nicht so recht schmecken würde. »Und du gehst ins Gymnasium?«
»Ja, in die zehnte Klasse.«
»Schön, sehr schön! Ich hatte leider nie die Gelegenheit, eine höhere Schule zu besuchen.«
Jean Vogel nahm sich viel Zeit, Pit in seine Arbeit einzuweisen. Zunächst bekam er seine Uniform und genaue Anweisungen, wie er sie abends ausbürsten und aufhängen mußte. Dann demonstrierte Vogel, wie man eine Nachricht auf einem ovalen, silbernen Tablett zum Empfänger brachte. Er zeigte Pit eine Schrifttafel, die an einer Holzstange befestigt war. »Wenn einer der Herren am Telefon verlangt wird«, erklärte Jean, »schreibst du seinen Namen mit Kreide auf die Tafel und trägst sie so durch alle Räume, daß jedes Mitglied sie sehen kann!« Er

fischte ein Stück Kreide aus einer Schublade. »So, nun schreib mal Herr de Maiziaire.«
Natürlich hatte er mit Absicht einen komplizierten französischen Namen ausgewählt. Aber Pit hatte keine Schwierigkeiten, ihn zu schreiben, und er tat dies in seiner schönsten Druckschrift.
Jean Vogel nickte zufrieden. Nach einigen weiteren Übungen sagte er schließlich: »Nun gut, zur Not wird's mit dir gehen!«
Pit wollte schon aufbegehren. Zur Not! Er hatte überhaupt keinen erkennbaren Fehler gemacht. Aber so gut kannte er den Vogelgesichtigen schon, daß es besser war, ihm nicht zu widersprechen – zumindest vorläufig noch. Der Junge wurde gnädig entlassen und auf den nächsten Tag um 16.00 Uhr bestellt. »Und daß du mir ja pünktlich bist«, sagte Jean.

Pepper saß fast den ganzen Tag in seinem Eisenbahn-Salonwagen und grübelte über dem Aktenordner, den er aus dem offenen Karton auf der Ladefläche des Transporters gegriffen hatte. Zwischen den festen Aktendeckeln waren etwa sechzig karierte Blätter eingeheftet, auf denen es nur so von Zahlen wimmelte. Pepper konnte zunächst wenig damit anfangen. Er begriff zwar im Laufe der Zeit, daß ›Einheiten‹ gleichbedeutend waren mit Autos, und es schien um Abrechnungen zu gehen. Und wenn Pepper mit seinen Überlegungen halbwegs richtig lag, dann umfaßte der Ordner einen Zeitraum von einem halben Jahr. In diesen sechs Monaten waren 116 sogenannte ›Einheiten‹ mit Geldbeträgen gekoppelt worden. Pepper zählte die Geldsummen auf seinem Taschenrechner zusammen und kam auf insgesamt über 2,7 Millionen Mark. Dieser Betrag wurde zum Schluß sorgfältig in sechs Teile geteilt. Jeder Teil bemaß sich auf exakt 466 379 Mark und 60 Pfennige. Sechsmal tauchte der Betrag auf der letzten Seite auf und war jeweils mit zwei Buchstaben versehen und zwar so, daß immer unter der Geldsumme die Initialen standen:

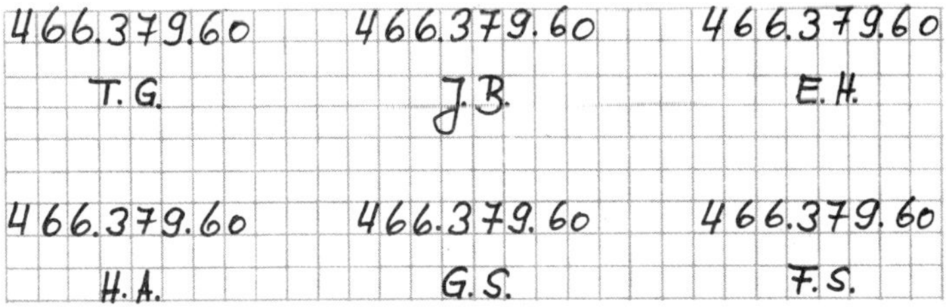

Er lehnte sich weit in seinen Sessel zurück und zündete sich eine Pfeife an. Der Rauch breitete sich wie eine dichte Nebelbank über dem Tisch und den Papieren aus.
Bei den sechs Buchstabenpaaren handelte es sich mit Sicherheit um die Initialen der Geldempfänger. Pepper starrte durch die Rauchschwaden auf den aufgeschlagenen Ordner. Versteckten sich hinter den Initialen die Chefs des großen Clans?
Pepper stemmte sich aus seinem Sessel heraus und ging unruhig auf und ab. Gab es wirklich sechs Chefs? Eine Mafia-Brüderschaft? Ein Sextett der ehrenhaften Schurken? Vor Aufregung brach ihm der Schweiß aus.
Jetzt brauchte er erst einmal frische Luft!
Pepper zog seine gefütterte Parka an, setzte eine Baskenmütze auf und verließ den Salonwagen. Es hatte schon wieder zu schneien begonnen. In Gedanken versunken schritt Pepper auf das niedrige Gartentor zu. Als er in den Lichthof der ersten Straßenlaterne kam, stand plötzlich, wie aus dem Boden gewachsen, ein Mann vor ihm. Pepper erkannte ihn sofort. Es war der Fahrer des Kleintransporters. Als erstes fiel Pepper ein, daß er den gestohlenen Ordner offen auf seinem Tisch hatte liegen lassen. Ein unverzeihlicher Fehler. Was war, wenn einer der Burschen in den Eisenbahn-Salonwagen einbrach und die Unterlagen entdeckte?
»Guten Abend!« grüßte der junge Mann, der noch immer seine schwarze Motorradkombination trug.
»Wie kommen Sie denn hierher?« brummte Pepper.

»Das kann ich Sie auch fragen!«
»Ich wohne hier!«
»Interessant!« Der junge Mann schob ein Streichholz zwischen die Lippen und kaute darauf herum. Pepper sah fasziniert zu, wie das Hölzchen schnell von einem Mundwinkel zum anderen und wieder zurück lief.
»Was soll daran interessant sein?«
»Na ja, ich habe den Auftrag, einen Kerl zu beschatten, der hier wohnt...«, er kicherte und verlor dabei das Streichholz. »In einem Eisenbahn-Salonwagen! Hat man so etwas schon mal gehört!« Aus der Brusttasche seiner Lederjacke zog er ein neues Streichholz und klemmte es zwischen die Zähne.
»Sie gewöhnen sich wohl das Rauchen ab«, bemerkte Pepper. Doch der junge Mann ging nicht darauf ein. »Daß Sie mich heute morgen angequatscht haben, war also kein Zufall!« sagte er.
Pepper musterte den Mann eine ganze Weile, dann stieß er kaum vernehmbar hervor: »Sie sind mir vielleicht ein Anfänger!«
»Was ist?« fuhr sein Gegenüber auf.
»Man hat Sie abgestellt, um mich zu beschatten. Bestimmt haben Sie aber keine Anweisung, mich anzusprechen. Ich nehme an, Ihr Boß hat Ihnen sogar eingeschärft, sich ja nicht entdekken zu lassen. Er wird unzufrieden sein mit Ihnen!«
»Quatsch nicht, Opa!« knurrte der junge Mann. Es war ihm deutlich anzusehen, wie verunsichert er plötzlich war.
»Nenn mich nicht Opa«, entgegnete Pepper scharf, »das vertrage ich nicht so gut!«
»Da gibt's noch eine Menge, was du dir gefallen lassen mußt, Opa, und was du vielleicht noch viel weniger verträgst!« Blitzschnell schoß die Faust des Jünglings vor und traf Pepper in der Magengrube. Stöhnend krümmte sich der Detektiv zusammen.
»Keine Bewegung!« Das war die Stimme von Frau Scheringer.

Der junge Mann riß beide Hände hoch. Pepper richtete sich auf und sah wie durch einen Nebel die Alte, die die Spitze ihres Regenschirms in den Rücken des kleinen Gangsters bohrte.
»Und nun vorwärts!« kommandierte sie, »da hinein, in den Garten und dann rüber zum Salonwagen.«
Der junge Mann wollte sich umsehen, aber sofort verstärkte Frau Scheringer den Druck auf ihren Schirm. »Mach keine Dummheiten!« fuhr sie ihn an.
Gehorsam stapfte der Jüngling durch den Schnee. Pepper eilte voraus, sah sich aber immer wieder prüfend um. Frau Scheringer brauchte freilich keine Hilfe, sie hielt ihren Gefangenen geschickt in Schach.
Im Salonwagen versteckte Pepper schnell den Ordner. Dann holte er seinen Revolver aus der Kommodenschublade und sah nach, ob er geladen war. Er legte gerade den Sicherungshebel wieder um, als der junge Mann von Frau Scheringer in den Salon geschoben wurde.
»Ich weiß gar nicht, was ich ohne Sie machen würde«, sagte Pepper grimmig zu der Alten. Dann winkte er dem Gefangenen mit der Waffe zu, er solle sich setzen. »Und nun schauen Sie sich mal an, mit welcher Waffe die Dame Sie in Schach gehalten hat«, bemerkte der Detektiv.
Der junge Mann ließ sich in einen Sessel fallen. Er hatte alle Sicherheit verloren.
Pepper fixierte ihn aus schmalen Augen, hob leicht die Waffe und wandte sich an Frau Scheringer: »Sehen Sie mal nach, ob er irgendwelche Papiere bei sich hat.«
Die Alte förderte einen Führerschein, ein Scheckheft und einen Personalausweis zutage, außerdem eine Menge halb zerknüllte Papierschnitzel, die mit einer krakeligen Schrift bedeckt waren. Aus der linken Brusttasche zog sie ein Sprechfunkgerät und legte es auf den Tisch.
Pepper schlug den Führerschein auf. »Sie heißen also Bert Grüner.«

Der junge Mann antwortete nicht, sondern biß sich nur auf die Unterlippe.
»Und Sie arbeiten für den großen Clan.«
Jetzt hob er den Kopf und starrte Pepper an. »Für wen arbeite ich?«
»Ja, das glaube ich, daß Sie das nicht wissen. Wie würden Sie denn Ihre Auftraggeber bezeichnen?«
Wieder schwieg der junge Mann. Er hatte die Hände flach zwischen seine eng zusammengepreßten Knie gelegt, als ob er ein Zittern verbergen müßte.
»Ich denke, daß ich ihn kenne«, log Pepper. »Ich könnte ihn jetzt anrufen und sagen: ›Ihr Grüner ist eine Pfeife, ein Anfänger. Suchen Sie sich andere Leute, wenn Sie jemanden beschatten lassen wollen.‹ Das wäre für Sie vermutlich nicht so gut!«
Pepper ließ den Satz wirken, ehe er zu Frau Scheringer, die noch immer unter der Tür stand und ihren Schirm wie eine Maschinenpistole in der Armbeuge hielt, sagte: »Nun setzen Sie sich doch, vielleicht machen Sie uns einen Tee. Herr Grüner muß doch völlig durchgefroren sein!«
In diesem Augenblick ließ sich ein durchdringendes Piepsen hören. Pepper grinste und deutete mit dem Daumen auf Grüners Sprechfunkgerät. »Jetzt lassen Sie sich mal etwas einfallen, junger Mann!«
Grüners Hand bewegte sich zögernd auf das Gerät zu. Er sah sich hilfesuchend um.
»Melden Sie sich«, befahl Pepper, der genau merkte, daß Grüner in seiner Hilflosigkeit jetzt alles tun würde, was man ihm sagte.
»Ja, hier Bert!« sprach er in das Gerät.
»Was ist?« meldete sich eine tiefe Stimme. »Du klingst so seltsam.«
»Wieso?«
»Als ob du in einem geschlossenen Raum wärst!«
»Bin ich auch!«

»Was heißt das?« Die Stimme klang nun herrisch.

»Ich bin in einem Hauseingang, aber ich habe alles unter Kontrolle. Es ist sehr kalt heute abend!«

»Irgend etwas Neues?«

»Nein, nur…« Er sah sich um und fuhr dann fort: »…nur eine alte Frau ist in den Garten gegangen.«

»Das wird die Schrulle von Scheringer sein«, ließ sich die fremde Stimme wieder vernehmen.

Die Alte hob ihren Schirm und wollte auf das Gerät losgehen. Nur Peppers schnelles Eingreifen verhinderte, daß sie es mit ihrem Schirm zertrümmerte.

»Soll ich noch bleiben?« fragte Grüner, dessen Stimme langsam sicherer wurde.

»Willi löst dich um zehn Uhr ab. Ende!«

»Danke, Ende!« Bert Grüner schaltete sichtlich erleichtert das Gerät ab und legte es behutsam wie ein rohes Ei auf den Tisch zurück.

»Wer war der Mann?« fragte Pepper.

»Albert!« kam es prompt aus Bert Grüners Mund.

»Aha, den Namen habe ich schon mal gehört. Das scheint der Mann zu sein, der die Kontakte herstellt, das Bindeglied zwischen der Führung des Clans und den kleinen Mitarbeitern draußen an der Front.«

»An der Front, wie das klingt!« brummte der junge Mann.

»Haben Sie diesen Albert schon einmal gesehen?« fragte Pepper, ohne auf den Einwurf Grüners zu achten.

»Ja, sicher.«

»Wie sieht er aus?«

»Klein und häßlich!«

»Wie alt ist er?«

»Ich schätze ihn auf Mitte Fünfzig.«

»Ich hätte gerne eine genauere Personenbeschreibung.«

»Er hat komisch blonde Haare, eigentlich mehr gelb als blond, und sie fallen ihm ständig ins Gesicht. Er hat blaue Augen, ja, stimmt, blitzblaue Augen hat er, mit denen kann er einen so richtig stechend anschauen. Also mir wird's jedesmal unheimlich dabei. Größer als einssechzig ist er bestimmt nicht, aber er hat Kraft. Ein gefährlicher Typ. Und immer gut informiert. Man hat das Gefühl, daß er einen beobachten läßt, sogar dann, wenn man selber jemanden beschattet.« Grüner sah sich um, als ob ihm plötzlich unwohl geworden wäre. »Kann sein, daß er jetzt draußen nach mir sucht. Ich kann nicht länger hier bleiben.«

»Ich könnte dich der Polizei übergeben, mein Junge«, sagte Pepper sanft.

»Tut mir leid, das mit dem Magenhaken!«

»Das glaube ich nicht«, erwiderte Pepper kühl, »es tut dir nur leid, weil du verloren hast. Aber ich warne dich. Versuch's nicht noch mal. Ich kann mich nämlich wehren, wenn's darauf ankommt.«

Frau Scheringer holte drei kleine Gläschen und eine Flasche mit Obstschnaps. »Der arme Kerl muß sich ja gleich da draußen wieder die Beine in den Leib stehen«, sagte sie und goß ein. Dann schob sie Grüner ein Gläschen zu. »Da, trinken Sie, das wärmt ein bißchen von innen.«

Der junge Mann schaute die Alte mißtrauisch an.

»Das ist doch nicht normal«, brummte er, »daß Sie so freundlich zu mir sind.«

»Im Gegenteil«, Frau Scheringer lächelte, »ich finde es unnormal, wie Sie sich Ihren Mitmenschen gegenüber verhalten!«

Grüner verließ den Salonwagen kopfschüttelnd. Pepper schaute aus einem der Fenster. Der junge Mann ging mit zögernden Schritten den Weg hinunter. Er sah dabei auf seine Armbanduhr.

»Was wird er tun?« fragte Frau Scheringer.

»Er wird jetzt seinen Boß anrufen und ihm sagen, er habe mich gesehen und wiedererkannt. Er wird ihm berichten, daß ich mich heute bei dem verlassenen Gebäude der EXIM herumge-

trieben habe. Und wenn sie schon gemerkt haben, daß ein Aktenordner fehlt, werden sie Verdacht gegen mich schöpfen.«
»Und dabei bleiben Sie so ruhig?«
Pepper schüttelte den Kopf. »Das ist alles äußerlich, glauben Sie mir. Ich denke, wir sollten den alten Rübezahl zu einem Gläschen Wein oder einer Tasse Tee einladen.«
Rübezahl erschien erstaunlich schnell. Er kam in einem Streifenwagen und ließ das Fahrzeug demonstrativ vor Peppers Gartenzaun stehen. Natürlich entschied er sich für Wein und nicht für Tee. »Schließlich habe ich Dienstschluß«, sagte er. Dann sah er sich in dem Salon um und meinte: »Jedesmal kommt mir Ihr Wagen noch gemütlicher vor. Haben Sie etwas verändert?«
Pepper nickte. »Ich habe die Wände neu gestrichen. Arnica, Pit und Jonny haben mir dabei geholfen. Und die Bilder da an der Wand sind auch neu.«
»Selber gemalt?«
»Mhm«, machte Pepper und wurde sogar ein bißchen rot dabei.
»So«, sagte Rübenach, »jetzt haben wir genug Konversation gemacht. Was haben Sie auf dem Herzen?«
»Ich habe ein paar Ermittlungen angestellt«, begann Pepper vorsichtig. »Dabei bin ich auf eine Firma EXIM gestoßen, die zwar ein Haus und ein Telefon hat, aber eigentlich gar nicht existiert. Fragen Sie mich nicht wie, jedenfalls ich bin an einen Aktenordner dieser komischen, nichtexistierenden Firma gekommen.« Er schob den Ordner über den Tisch. »Leider wissen die Herren des Clans inzwischen, daß ich dort draußen war – in der Parlerstraße, meine ich, wo das EXIM-Gebäude steht!« Wieder einmal ärgerte sich Pepper innerlich darüber, daß er so umständliche Sätze baute.
Rübenach hörte aufmerksam zu. Jetzt sah er Pepper von der Seite an: »Wie Sie auf die Firma EXIM gekommen sind, wollen Sie mir wahrscheinlich auch nicht sagen.«
»Erraten. Dafür sage ich Ihnen, wie mich dieser Zettel erreicht

hat. Er war um einen mittelgroßen Stein gewickelt und kam durch die Scheibe des Türfensters geflogen!«
Kommissar Rübenach nahm den Zettel und studierte ihn. Nach einer Weile sagte er: »Woher wissen die, daß Sie ihnen auf den Fersen sind?«
»Das frage ich mich auch«, entgegnete Pepper scheinheilig, dann sah er Rübezahl in die Augen. »Könnte es sein, daß bei der Polizei...«
Die Faust des Kommissars fiel krachend auf die Tischplatte. »Solche Verdächtigungen verbitte ich mir, Pepper!«
Der Detektiv hob beschwichtigend die Hände. »Ruhig Blut, Herr Kommissar, das hat es schon bei jeder Polizei auf der ganzen Welt gegeben, warum soll ausgerechnet hier kein schwarzes Schaf unter den Beamten sein?«
»Weil es so etwas bei uns nicht gibt!« rief Rübezahl trotzig.
»Weil nicht sein kann, was nicht sein darf«, flötete die Alte.
»Schluß damit«, donnerte der Kommissar, »oder haben Sie irgendwelche Beweise?«
»Noch nicht«, antwortete Pepper unbestimmt.
»Also, was schlagen Sie vor?«
»Tja, ich übergebe Ihnen den Ordner...«
»Diebesgut! Das ist Ihnen wohl zu heiß geworden, was?«
»So kann man es sehen, ja! Ich denke aber, daß die Akten ganz interessant sind. Zum Beispiel tauchen darin sechsmal zwei Buchstaben auf, die vermutlich die Anfangsbuchstaben von Vor- und Zunamen sind...«
»Sechs, sagen Sie?« Rübezahl wirkte plötzlich sehr interessiert.
»Ja, sagt Ihnen das etwas?«
»Das einzige, was wir über den Clan bisher wissen, ist, daß er sechs Chefs haben soll. Sechs gleichberechtigte Bosse. Daß so etwas überhaupt gut geht, sollte man nicht glauben.«
»Solange die Geschäfte florieren...« warf Frau Scheringer ein.
»Sechs Dunkelmänner also«, sagte Pepper nachdenklich, »und zwei davon sind vielleicht Brüder.«

»Wie kommen Sie denn darauf?«

»Die beiden letzten Initialen sind G. S. und F. S.«

»Wie heißt Sonnenschein mit Vornamen?« rief die Alte plötzlich ganz aufgeregt.

»Wieso Sonnenschein?« fragte Rübezahl.

»Ach, das ist eine fixe Idee von der Al..., ich meine, von Frau Scheringer«, antwortete Pepper schnell.

»Er heißt Friedrich Sonnenschein«, sagte Rübezahl.

»Paßt!« rief Frau Scheringer triumphierend.

»Er hat auch einen Bruder«, fuhr Rübezahl fort, der auf die Spekulationen der alten Dame einzusteigen schien.

»Und wie heißt der?« wollte die Alte nun ganz aufgeregt wissen.

»Sebastian!« Rübezahl brach in schallendes Gelächter aus. Frau Scheringer zog sich beleidigt in eine Ecke des Salons zurück und kramte ihr Strickzeug aus einer Plastiktüte.

Aber sie gab noch nicht auf. »Die beiden mit dem ›S‹ als Anfangsbuchstaben des Nachnamens müssen ja nicht unbedingt Brüder sein. Es gibt eine Menge Familiennamen, die mit ›S‹ anfangen!«

»Da haben Sie recht, Frau Scheringer«, entgegnete Rübezahl versöhnlich, »Scheringer zum Beispiel, aber ich wollte Sie eigentlich gar nicht auslachen.«

Sie saßen noch ziemlich lange zusammen. Pepper überlegte den ganzen Abend, ob er Rübezahl erzählen sollte, welchen Verdacht er gegen die Saleryaner hatte und daß er Pit dort einschleusen wollte. Aber er behielt es dann doch für sich. Rübezahl wäre imstande gewesen, in dem vornehmen Klub eine Razzia zu machen.

Daß dies kein Fehler gewesen wäre, wurde Pepper erst am anderen Tag bewußt, und da wäre es beinahe *zu* spät gewesen!

Ehrenwerte Herren in einem ehrenwerten Klub

Am Samstag trat Pit nun seinen Dienst bei den Saleryanern an. Er fühlte sich nicht sonderlich wohl, als er sich dem imponierenden Gebäude näherte. Wenn wenigstens Jonny oder Arnica dabeigewesen wären. Sobald Pit von einem seiner Freunde begleitet wurde, zeigte er gerne, wie stark und selbstbewußt er war. Es gab ihm Kraft, wenn er den anderen ein Vorbild sein mußte. Aber so allein kam er sich ziemlich verlassen und ausgeliefert vor.

Zögernd stieg er die breite Treppe zu der großen Eichentür hinauf. Was würde hinter dieser beeindruckenden Tür auf ihn warten? Vor der Arbeit, die zu tun sein würde, fürchtete er sich nicht. Aber was war, wenn die Saleryaner dahinterkamen, daß er diesen Job nur übernommen hatte, um im Klub zu spionieren?

Pit holte tief Luft und stieß die Tür auf.

Jean empfing ihn weder herzlich noch unfreundlich. Er sah ihn nur an, nickte und wies Pit den Weg zu der kleinen Kammer, in der der Pikkolo seine Sachen aufbewahrte.

Pit zog seine blau-gelbe Uniform an und setzte das gelbe Barett auf. Er fand, daß er in dieser Aufmachung ausgesprochen albern aussah. Jean wies dem Jungen seinen Platz zu. Er mußte sich neben der Tür zum großen Salon postieren und wachsam darauf achten, ob eines der Mitglieder ihn zu sich rief.

Das geschah dann auch, kaum daß Pit seinen Platz eingenommen hatte. Ein älterer Herr schnippte mit dem Finger und rief leise: »He, Pikkolo!«

Pit ging schnell zu ihm hinüber.
»Du bist neu hier?« fragte der Mann.
»Ja, aber nur zur Aushilfe.«
Der Mann gab ihm einen Zwanzigmarkschein und beauftragte ihn, die Samstagsausgaben der großen Tageszeitungen zu besorgen.
Pit rannte rasch zu einem Kiosk in der Nähe und kaufte das Gewünschte. Als er dem Mann die Zeitungen brachte und das Wechselgeld zurückgeben wollte, winkte dieser ab und sagte:
»Das ist für dich, mein Junge. Ganz schön fix warst du wieder da!«
Pit bedankte sich und starrte überrascht auf seine Hand – schließlich waren es elf Mark.
Den Nachmittag über war wenig los. Die Klubmitglieder saßen in tiefen Sesseln, lasen oder schrieben, einige spielten Schach, andere unterhielten sich in leisem Ton. Es war überhaupt sehr ruhig in den Räumen des Klubs. Die Männer schienen sich immer nur flüsternd zu unterhalten. Der dicke Teppichboden dämpfte jedes Geräusch beim Gehen, und die schalldichten Fenster ließen den Straßenlärm nicht bis in die Räume dringen.
Pit bekam bald müde Beine. Er war es nicht gewohnt, so lange an einem Platz zu stehen. Diese Regelung hielt er ohnehin für schwachsinnig. Warum konnte ein Botenjunge nicht auf einem Stuhl sitzen, während er auf neue Aufträge wartete? Gegen Abend füllte sich der Salon. Um 19.00 Uhr wurde gemeinsam gegessen. Nun hatte Pit alle Hände voll zu tun. Er mußte den Männern ihre Gläser, aber auch andere Utensilien, vom großen Salon in den Speisesaal nachtragen. Er hatte schon fast alles geschafft, als er an einen runden Marmortisch trat und nach einem Ordner griff, der dort lag.
»Finger weg!« bellte eine rauhe Stimme.
Pit erstarrte. Aber nicht nur deshalb, weil er so angeblafft wurde, sondern weil er glaubte, die Stimme zu kennen. Der Mann, der ihn am Telefon für Pepper gehalten hatte, mußte entweder

eine täuschend ähnliche Stimme haben, oder dieser Gentleman aus dem Saleryaner-Klub war derselbe. Pit mußte unbedingt noch mehr hören.
»Entschuldigen Sie bitte, man hat mich angewiesen, alles in den Speisesaal zu tragen.«
»Diese Akten nicht!« erwiderte der Mann.
Pit sah ihn jetzt genauer an. Er war gut 1,90 m groß, sehr schlank und trug einen feinen Nadelstreifenanzug. Die dunklen Haare hatte er straff nach hinten gekämmt. Hinter einer Nikkelbrille sahen zwei kalte, graue Augen Pit böse an.
Pit entschuldigte sich noch einmal und ging zum Nachbartisch, wo er ein ledernes Zigarrenetui und ein halbvolles Weinglas aufnahm, um beides auf einem silbernen Tablett zu plazieren. Der Mann klemmte den Aktenordner unter den Arm und schritt auf die Durchgangstür zu. Dort blieb er stehen und wartete auf Pit. »Entschuldige bitte«, sagte er plötzlich, »daß ich dich so angefahren habe. Du bist neu hier und kannst nicht wissen...« er unterbrach sich, kramte aus seiner Jackentasche einen Geldschein und steckte ihn in die schmale, äußere Brusttasche an Pits Uniform.
»Oh, vielen Dank«, sagte Pit.
»Nichts zu danken.« Der Mann betrat den Speiseraum.
Pit, der sich zunächst völlig sicher war, die Stimme wiedererkannt zu haben, zweifelte plötzlich. Die letzten freundlichen Sätze hatten ihn verwirrt.
Er legte das Zigarrenetui und das Glas neben dem Gedeck eines älteren Herrn nieder und ging zu Jean hinüber, der an der Tür stand und den gesamten Ablauf überwachte. Vier Kellner brachten die Speisen, zwei weitere sorgten für Getränke. Pit flüsterte: »Wer ist denn der Mann im Nadelstreifenanzug, der große dort mit der Brille?«
»Die Frage steht dir nicht zu!« erwiderte Jean streng.
»Er hat mir fünfzig Mark gegeben, obwohl ich gar nichts für ihn tun konnte«, vertraute Pit Jean an.

»Alle Achtung! Ja, Herr Dr. Greinacher ist immer spendabel. Er ist ein sehr wohlhabender Mann.«
Pit merkte sich den Namen Greinacher. Später schrieb er ihn auf einen kleinen Zettel, den er vorsichtshalber in einen seiner Schuhe steckte, da er die Uniform ja später wieder ausziehen mußte. Wie leicht konnte es passieren, daß er das Stück Papier dann vergaß!
Nach dem Essen versammelten sich die Männer in kleinen Gruppen, um sich zu unterhalten. Die Gespräche waren aber mehr als nur Plaudereien, das merkte Pit schnell. Es ging um Lieferfristen, Exporterlöse, Zollzahlungen und fast immer um Geld.
Gegen 21.00 Uhr klingelte das Telefon. Jean war gerade nicht da, deshalb nahm Pit den Hörer ab und meldete sich mit möglichst männlicher Stimme: »Ja, hier Klub der Saleryaner!«
»Herrn Dr. Greinacher, bitte«, sagte eine Stimme am anderen Ende der Leitung.
Pit malte den Namen in seiner schönsten Schrift auf die Tafel und trug sie in den großen Salon. Er ging von Tisch zu Tisch, aber Dr. Greinacher schien verschwunden zu sein. Der alte Herr, der Pit am Nachmittag nach den Zeitungen geschickt hatte, deutete auf eine weiße Flügeltür und sagte: »Dort drin müßte er sein!«
Pit klopfte und wollte gerade die Tür aufmachen, als sie von innen aufgestoßen wurde. Ein Mann, den er bisher noch nicht wahrgenommen hatte, obwohl er ihm bestimmt aufgefallen wäre, trat ihm in den Weg. Der Mann trug einen wirren, blonden Bart, hatte krauses, blondes Haar und dicht beieinanderstehende Augen. Er wirkte wie ein Boxer aus der Mittelgewichtsklasse: klein, untersetzt, ungeheuer muskulös.
»Was gibt es?« fragte er Pit, entdeckte aber gleichzeitig die Tafel. »Dr. Greinacher!« rief er über die Schulter, »Telefon!« Dann wandte er sich wieder Pit zu: »Und du, merk' dir eins: Dieser Raum ist für Nichtmitglieder tabu!«

»Wie bitte?« Pit sah den Mann befremdet an.
»Zutritt verboten, junger Mann! Das wirst du doch kapieren?«
Pit nickte.
Dr. Greinacher drückte sich an dem Boxer vorbei und durchmaß den Salon mit schnellen Schritten. Pit machte kehrt und zwang sich, langsam in die Vorhalle zurückzugehen, um seine Tafel wieder an ihrem Platz zu deponieren.
Er hoffte, etwas von dem Telefongespräch mitzubekommen, aber Jean, der inzwischen wieder aufgetaucht war, hatte das Gespräch bereits in einen der kleinen Salons gelegt. Pit hörte ihn gerade noch rufen: »Wenn Sie bitte im blauen Salon abnehmen wollen, Herr Dr. Greinacher!«
Pit blieb einen Augenblick hinter einer Säule stehen und wartete, bis sich Jean entfernt hatte. Dann trug er die Tafel an ihren Platz und schlenderte auf den blauen Salon zu. Doch plötzlich erstarrte er. Jean saß in der Garderobe, halb zwischen Mänteln versteckt, und preßte einen Telefonhörer ans Ohr. Offensichtlich belauschte er Dr. Greinacher und dessen Gesprächspartner.
Pit zog sich rasch zurück, schlug einen großen Bogen um die Garderobe, rannte durch einen langen, menschenleeren Saal, der offenbar als Kino oder Theater diente, und kam in einen schmalen Gang. Er hatte ein gut ausgebildetes Orientierungsvermögen. Und wenn ihn nicht alles täuschte, dann befand er sich jetzt an der Rückwand des blauen Salons.
Hier war eine schmale Tapetentür. Pit legte das Ohr an die Türfüllung, aber er hörte nur unartikuliertes Gemurmel. Sollte er es wagen und die Tür öffnen? Er sah sich suchend um. Vielleicht gab es noch eine andere Möglichkeit, Greinacher zu belauschen. Die Tür hatte ein Oberlicht, das ein wenig gekippt war, doch das befand sich zwei Meter über dem Boden. Vorne im Magazin bei der Garderobe hatte der Junge eine Leiter gesehen. Aber es wäre zu auffällig gewesen und hätte auch zu lange gedauert, sie jetzt zu holen.

Vorsichtig drückte er die Klinke nieder. Die Tür ließ sich geräuschlos öffnen. Pit drückte sie nur einen millimeterbreiten Spalt auf.
»Mein Gott«, hörte er jetzt Greinacher sagen, »wie kann man sich bloß so in die Enge treiben lassen! Dreißig Einheiten ... gut, dann sind es eben fünfunddreißig, was ist das schon? Wir werden den Verlust tragen können!«
Dann hörte Greinacher eine Weile zu, ehe er das Wort wieder nahm: »Nein, jetzt wird nichts unternommen ... Sie kennen doch den Spruch: Solange der Tiger gereizt ist, soll man Ruhe halten. Wir können uns das leisten...« Wieder schien er zuzuhören, dann sagte er: »Darüber beraten wir gerade im Sechsergremium. Ich denke, wir werden das gesamte Personal auszahlen, sobald die restlichen Lieferungen abgewickelt sind. Demungeachtet bekommen Sie darüber noch genauer Bescheid...«
Pit zog die Tapetentür leise zu und eilte den Korridor hinunter. Er ging auf die Toilette und verriegelte die Tür. Von dem Klosettpapierhalter riß er ein Blatt ab und versuchte, die Gesprächsfetzen, die er mitbekommen hatte, möglichst genau aufzuschreiben. Dann schob er dieses Papier ebenfalls in seinen linken Schuh, holte es aber gleich wieder heraus, weil er befürchtete, das weiche Material könnte zwischen Strumpf und Schuhsohle zerfetzt werden. Er faltete das Stück Toilettenpapier sorgfältig zu einem kleinen Streifen und steckte es in seinen Strumpf.
Als er zu seinem Posten zurückkam, erwartete ihn Jean mit hochgezogenen Augenbrauen.
»Wo warst du?« fragte er streng.
Pit sah ihn möglichst unbefangen an. »Das war heute das erste Mal, daß ich auf der Toilette war!«
»Ach so, schon gut, man hat auch nicht nach dir verlangt!«
Pit hätte sich für sein Leben gerne irgendwo hingesetzt. Seine Füße schmerzten, sein Rücken war ganz steif, und eine seltsame

Müdigkeit kroch von den Zehen die Beine hinauf. Er sah verstohlen auf die Uhr. Sein Dienst ging bis 22.00 Uhr. Das waren genau noch 32 Minuten. Pit beneidete seinen Klassenkameraden, der den Job fast jedes Wochenende machte, schon lange nicht mehr.
In der letzten halben Stunde war so gut wie nichts mehr zu tun. Pit leerte die Aschenbecher, machte sie sauber und ersetzte auf ein paar Tischen niedergebrannte Kerzen in ihren Haltern. Er brachte noch ein paar Drinks zu den Tischen, doch die Räume waren nun kaum mehr besetzt. Die meisten Mitglieder hatten sich verabschiedet, nicht ohne dem Pikkolo ein kleines Trinkgeld zuzustecken. Ein paar andere saßen im Fernsehzimmer und sahen sich eine Sportsendung an. Lediglich aus dem Raum mit der weißen Flügeltür war noch niemand herausgekommen.
Pit sagte zu Jean: »Die Herren dort drin haben noch nichts verlangt.«
Jean lächelte hintergründig und antwortete: »Die haben dort alles, was sie brauchen. Im übrigen sind sie wohl längst gegangen.«
»Nein, das hätte ich sicher bemerkt!«
Jean sah fast mitleidig auf den Jungen herab. »Es gibt einen zweiten Ausgang aus dem weißen Salon. Die Herren pflegen sich nicht öffentlich zu verabschieden.«
»Seltsam«, sagte Pit, nur um etwas zu sagen.
»Wie man es nimmt. Die meisten Dinge sind gar nicht mehr seltsam, wenn man sie erst einmal kennt!« Jean wurde plötzlich gesprächig, und Pit wollte diese Chance nicht ungenutzt verstreichen lassen.
»Hört sich an, als ob da drin ein Geheimbund tagen würde«, meinte er jetzt.
Jean brach in verhaltenes Gelächter aus. »Geheimbund! Das ist nicht schlecht!«
»Ist es denn einer?«
»Nun, wollen wir einmal so sagen: Es gibt Dinge, die man bes-

ser nicht in aller Öffentlichkeit diskutiert. Daß wir uns nicht falsch verstehen, mein Junge: Dort drin geschieht nichts Ungesetzliches. Wenn du eine heimliche Glücksspielhölle oder etwas Ähnliches vermutest, bist du auf dem Holzweg.«
»Ich habe gar nichts vermutet.«
»Um so besser!« Jean verbeugte sich gegen eines der Mitglieder, das gerade den Raum verließ. Pit beeilte sich, dem Gast den Mantel zu holen und ihm hineinzuhelfen.
Als der Mann gegangen war, trat Pit wieder neben Jean. Er hätte ihn am liebsten weiter ausgehorcht, aber mit einem Mal war Jean wieder schweigsam geworden. »Ich muß telefonieren«, sagte er und verschwand in einer schmalen Kammer, die ihm als Büro und Aufenthaltsraum diente.
Pit sah auf die große Uhr über der Tür zum Salon. Der Zeiger rückte auf 22.00 Uhr vor. In diesem Augenblick öffnete sich die Flügeltür zum weißen Salon. Dr. Greinacher kam heraus, gefolgt von dem untersetzten, kraushaarigen Mann.
»Einen Augenblick noch, Theodor«, rief der Mann mit der Boxerfigur.
»Ein andermal!« entgegnete Greinacher knapp. Der andere zog sich zurück.
»Haben Sie einen Mantel?« fragte Pit.
Greinacher sah auf die Uhr. »Für dich ist Feierabend, mein Junge!«
»Wegen der zwei Minuten!« Pit war schon zur Garderobe gelaufen.
»Der braune Kamelhaarmantel«, rief ihm Greinacher zu.
Pit brachte das gute Stück, aber Greinacher ließ sich nicht hineinhelfen.
»Hilfe brauche ich erst nach dem ersten Herzinfarkt«, meinte er gutgelaunt. Der Abend schien erfreulich für ihn gelaufen zu sein. Pit lachte pflichtschuldig mit.
Greinacher, der zur Ausgangstür lief, blieb plötzlich stehen und wandte sich zu dem Jungen um.

»Warst du vorhin im hinteren Gang, an der Rückseite des blauen Salons?«
Pit überlegte blitzschnell. Vielleicht war er von jemandem gesehen worden.
»Ja«, sagte er rasch und ein wenig atemlos, »ich war auf der Toilette!«
Greinacher nickte. »Sag doch bitte Jean, daß die Tür vom blauen Salon in den hinteren Gang künftig abgeschlossen bleibt.«
»Mach' ich!« Pit verbeugte sich ein wenig, so wie er es bei Jean gesehen hatte.
»Du bist ein fixer Junge!« sagte Greinacher und verließ den Klub.
Als Pit ausrichtete, was ihm Greinacher aufgetragen hatte, meinte Jean unwillig: »Er tut immer so, als ob er alles hier bestimmen könnte, aber er ist ein Mitglied wie jedes andere auch. Mir kann er nichts befehlen!«
Das ›mir‹ hatte Jean so betont, daß man daraus schließen mußte, Greinacher könne allen anderen befehlen, nur Jean nicht.
Pit ging in die kleine Kammer, die ihm angewiesen worden war, zog die Pikkolo-Uniform aus und seine Kleider wieder an. Er holte den Zettel aus dem Schuh und das beschriebene Toilettenpapier aus seiner Socke, malte vor Greinacher noch den Vornamen Theodor und steckte beides behutsam in die Brusttasche an seinem Hemd. Er war völlig erschöpft und hoffte, schnell einen Bus zu bekommen.
Als er die Kammer verließ, wirkten die Räume wie ausgestorben. Sogar das Fernsehzimmer war dunkel und verlassen. Jean hatte sich inzwischen ebenfalls umgezogen. Er durchschritt alle Zimmer, knipste die Lichter aus, zog die Schlüssel von den Türen ab und hängte sie in einen kleinen Kasten neben der Garderobe. Pit stand im Schatten einer Säule und beobachtete ihn genau.
»He, Pikkolo«, rief Jean Vogel laut, als ob er ihn suchte.

Pit rührte sich nicht.
»Ist der Kerl weggegangen, ohne sich zu verabschieden«, brummte Jean unwillig.
Er löschte das Licht in der großen Eingangshalle. Gleich darauf fiel die schwere Eichentür ins Schloß. Der Schlüssel drehte sich knirschend. Pit war allein im Klub der Saleryaner.
Durch ein hohes Fenster im Treppenhaus fiel ein wenig Licht in die Vorhalle. Pit dachte nach. Er hatte spontan beschlossen, sich einschließen zu lassen, aber was konnte er jetzt daraus machen? Vorsichtig ging er zu dem Schlüsselkasten neben der Garderobe. Jean hatte ihn mit einem kleinen Schlüssel an seinem Schlüsselbund abgeschlossen. Aber es konnte nicht schwierig sein, das Türchen aufzubekommen.
Pit zog sein Taschenmesser aus der Hosentasche, fuhr mit der Klinge vorsichtig zwischen Rahmen und Tür des Kästchens und ertastete den Schloßbolzen. Er ließ sich mit der Messerspitze verschieben. Schon wenige Sekunden später sprang das Türchen auf. Pit nahm alle Schlüssel heraus.
Nun begann er, systematisch die Räume zu erkunden. Er wußte selbst nicht, wonach er suchte. Natürlich zog ihn vor allem der weiße Salon an. Pit fand den passenden Schlüssel erst nach mehreren Versuchen. Als er den Raum betreten hatte, drückte er die Tür hinter sich zu und schaltete das Licht an.
Er befand sich in einem ovalen, fensterlosen Raum. In der Mitte des Zimmers stand ein ovaler Tisch, um den sechs bequeme Sessel gruppiert waren. An jedem Platz lag ein DIN A4 großer Schreibblock, daneben, ordentlich aufgereiht, je ein Bleistift, ein Kugelschreiber und Filzstifte in blau, grün und rot. An der Stirnwand des Salons – gegenüber der Flügeltür – hing ein großes, abstraktes Bild, das sechs ineinander verschachtelte Quader zeigte. Darunter stand in großen Druckbuchstaben: ›Einigkeit macht stark!‹
Pit stand ein wenig ratlos da. Irgendwie hatte er sich Aufschlüsse erhofft, doch hier lag kein einziges Schriftstück, nichts

deutete darauf hin, was hier in der geheimnisvollen Sitzung besprochen worden sein mochte – oder doch? Pit fuhr mit der flachen Hand über das glatte Papier eines der Notizblöcke. Dann beugte er sich tief hinab, bis seine Nase fast das Papier berührte. Jetzt konnte er erkennen, daß sich die Schrift vom vorherigen Blatt durchgedrückt hatte. Vorsichtig riß Pit das Blatt ab. Das gleiche machte er mit allen ersten Blättern der anderen Blocks.
Er schaltete das Licht wieder aus und trat in den großen Salon. Seine Augen mußten sich erst an die Dunkelheit gewöhnen.
Er wollte gerade durch den Salon zur Vorhalle gehen, als er plötzlich vor Schreck erstarrte. Er hörte Schritte – langsame, behutsame Schritte, die vermutlich die Treppe vom oberen Stockwerk herunterkamen. Pit versteckte sich unter einem der runden Marmortische.
In der Vorhalle ging Licht an. Die Schritte verharrten. Pit pirschte sich näher an die Tür heran. Jetzt konnte er einen Mann sehen, der vor dem Schlüsselkästchen stand. Der Mann wandte ihm den Rücken zu. Er trug einen dunklen Umhang und einen breitkrempigen, schwarzen Hut.
Ohne den Blick von dem Kästchen zu wenden, griff der Mann nach dem Telefon, das rechts von ihm auf dem Garderobentisch stand. Er hob den Hörer ab und wählte. Dann hörte Pit ihn sagen: »Hier ist J.B., gib mir mal Albert, bitte!« Er wartete einen Augenblick und sprach dann weiter: »Im Klub ist der Schlüsselkasten aufgebrochen worden. Die Schlüssel fehlen. Ich nehme an, der Täter ist noch im Haus, bitte veranlassen Sie alles Notwendige!«
Der Mann wartete die Antwort seines Gesprächspartners nicht ab, sondern legte sofort wieder auf. Langsam wandte er sich um. Er hielt einen Revolver in der Hand. Pit erkannte den Mann mit der Boxerfigur.
Vorsichtig schob sich der Junge noch weiter unter den Tisch. Dabei klirrten die Schlüssel in seiner Hosentasche gegeneinander. – Er verharrte und hielt den Atem an. Der untersetzte

Mann stieß die halboffene Tür zum Salon mit dem Fuß vollends auf, kam herein und machte das Licht an. Er durchschritt rasch den großen Raum und riß die Tür zum weißen Salon auf. Diesen Augenblick nutzte Pit, um tief gebückt auf die Tür zur Vorhalle zuzulaufen. Er hatte sie gerade erreicht, als eine Stimme bellte: »Halt!« Im gleichen Augenblick krachte ein Schuß. Pit erinnerte sich erst später, daß dicht neben seinem Kopf Holz gesplittert war. Er riß den Arm hoch und drückte auf den Lichtschalter – das Licht erlosch. Pit machte einen Satz in die Vorhalle und warf die Tür zu. Eine Kugel durchschlug das Holz. Pit zog die Schlüssel aus seiner Hosentasche. Er fand sofort den richtigen, stieß ihn ins Schlüsselloch und drehte ihn um. Viel würde es nicht nützen, das war ihm klar, denn Jean hatte ihm ja gesagt, daß die Herren aus dem weißen Salon einen zweiten Ausgang wählen konnten.
Verzweifelt sah sich Pit um. Die Fenster im Erdgeschoß hatten schön geschwungene und reich verzierte Gitter – da war kein Durchkommen. Den Schlüssel zur Haupttür hatte Jean mitgenommen. Vielleicht konnte er aus dem ersten Stock entkommen. Der Junge hastete die Treppe hinauf. Er erreichte das Obergeschoß, als der eingeschlossene J. B. begann, gegen die Tür des Salons zu hämmern. Kurz darauf fielen zwei Schüsse, denen ein häßliches Geräusch folgte. Pit mußte einen Augenblick lang lächeln, weil ihm Pepper schon öfter erklärt hatte, daß man ein Türschloß nicht aufschießen könne, wie man das oft in Kriminal- oder Westernfilmen sah. In der Regel prallten nämlich die Kugeln von den Metallschlössern ab.
Im ersten Stock des Klubs befanden sich eine Reihe kleiner Besprechungszimmer, ein größerer Konferenzraum und ein paar Appartements. Wenn auswärtige Gäste kamen, konnten sie hier übernachten. Dann allerdings hatte Jean auch nachts Dienst und mußte im Haus bleiben. Pit stieß eine Tür auf und befand sich in einem der gemütlich eingerichteten Zimmer. Auf dem Nachttisch stand ein Telefon. Pit hob ab und wählte Pep-

pers Nummer. Der Detektiv meldete sich sofort. Atemlos schilderte Pit, was geschehen war.
»Ich nehme an, daß die gleich kommen. Ich habe aber eine Menge herausgebracht, da war...« er unterbrach sich, denn er hatte ein Knacken in der Leitung gehört. Das schien auch Pepper nicht entgangen zu sein, denn er rief rasch: »Danke, Ende, alles verstanden« und legte auf.
Pit schaute einen Moment lang den Hörer in seiner Hand an und ließ ihn dann auf die Gabel fallen. Hinter dem Bett befand sich ein Fenster. Pit öffnete den rechten Flügel. Unter ihm lag der Hinterhof des Gebäudes. Da ging es gut und gerne fünf Meter hinab, wahrscheinlich sogar mehr. Pit rechnete: Die unteren Räume lagen im Hochparterre und waren ungewöhnlich hoch – mindestens viereinhalb Meter. Es war unmöglich zu springen. Dort unten war harter Asphalt. Jetzt hörte er eine Tür gehen. Irgend jemand rief etwas – dann hastige Schritte. Eine weitere Tür wurde aufgerissen. Pit sah sich gehetzt um. Und da kam ihm plötzlich eine Idee. Er öffnete den zweiten Flügel des Fensters, zerrte die Matratze aus dem Gästebett und bugsierte sie durchs Fenster. Das Deckbett und das Kissen warf er hinterher. Dann stemmte er sich auf die Fensterbank und sah in den düsteren Hof hinab. Das Bettzeug lag auf einem Haufen, zeichnete sich jedoch gegen den schneebedeckten Asphalt kaum ab. Pit war schon oft im Freibad vom Fünfmeterturm gesprungen, aber das hier war etwas ganz anderes.
Hinter sich hörte er Stimmen. Irgend jemand rief: »In einem der Gästezimmer vielleicht...!« Da sprang Pit.
Der Flug kam ihm sehr lange vor. Es war, als stürze er im Zeitlupentempo in den Hof hinunter. Doch er landete weich. Zwar zwang ihn der Aufprall tief in die Knie, aber er federte sofort wieder hoch und begann zu rennen. Erst jetzt fiel ihm ein, daß er das Licht in dem Appartement hatte brennen lassen. Er sah über die Schulter. Das offene Fenster war als helles Viereck in der dunklen Fassade des Hauses zu sehen. Jetzt tauchte dort ein

Gesicht auf. Pit machte einen Satz zur Seite und versteckte sich hinter einer Mülltonne.
»Der ist hier raus!« rief der Mann am Fenster.
»Dann fassen wir ihn!« hörte der Junge den anderen antworten. »Albert hat das Haus mit seinen Leuten umstellt!«
Pit brach der kalte Schweiß aus. Er zitterte am ganzen Körper. Das war zuviel. Zuerst der anstrengende Tag, der ihn regelrecht zermürbt hatte, und jetzt, nachdem er geglaubt hatte, in Sicherheit zu sein, saß er erst recht in der Falle. Er wischte sich mit der flachen Hand über die Stirn und verdeckte einen Moment die Augen. Vielleicht war alles nur ein Traum, vielleicht wachte er gleich wieder auf, und der ganze Spuk war vorüber. Ein Windstoß fuhr in den Hof und wirbelte Schnee auf. Dann hörte Pit entfernt einen Piff – *ihren* Pfiff. Das mußte Jonny sein oder Arnica. Noch war nicht alles verloren! Er sah wieder zu dem Fenster hoch. Der Mann, der dort stand, hatte ein Sprechfunkgerät in der Hand und hob es gerade vor sein Gesicht, um hineinzusprechen.
Pit orientierte sich. Er saß hinter drei dicht nebeneinanderstehenden Mülltonnen. In seinem Rücken befand sich eine etwa zwei Meter hohe Mauer. Etwa fünf Meter rechts von ihm war eine eiserne Tür in die Mauer eingelassen. Jetzt hörte er einen Automotor, dessen Brummen plötzlich abbrach. Das mußte direkt hinter ihm auf der Straßenseite der Mauer gewesen sein. Im ersten Stock des Klubgebäudes wurde ein weiteres Fenster geöffnet. Und dann flammte ein gleißend heller Scheinwerfer auf. Er malte einen weißen Kreis auf den Asphalt, der spiralförmig weiter wanderte.
Den Saleryanern schien es wirklich an nichts zu fehlen. Sie verfügten sogar über einen Suchscheinwerfer.
Pit war nahe daran, aus seinem Versteck hervorzutreten und sich zu ergeben, als er plötzlich wieder, ganz in der Nähe, *ihren* Pfiff hörte. Das machte ihm Mut. Das Scheinwerferlicht kroch jetzt auf ihn zu. Fast im gleichen Augenblick öffnete sich die

eiserne Tür in der Mauer mit einem quietschenden Geräusch. Ein kleiner, dünner Mann schob sich in den Hof. Er trug eine Sportmütze, die er tief ins Gesicht gezogen hatte. Einen Augenblick lang stand er im Licht einer Straßenlaterne. Seine zierliche Gestalt war in einen seltsamen, fast bodenlangen schwarzen Mantel gehüllt. In der Hand hielt er einen metallenen Gegenstand, auf dem sich das Licht glitzernd spiegelte. Es war kein Revolver, Pit tippte auf einen Schlagring. Der Kleine gab dem Mann am Fenster ein Zeichen. Der Suchscheinwerfer erlosch. Der kleine Mann stand regungslos. Pit konnte sich vorstellen, wie er mit den Augen den Hof nach möglichen Verstekken absuchte. Viele gab es nicht. Jetzt löste sich die kleine Figur von der Mauer und kam langsam auf die Mülltonnen zu. Er verließ den blassen Lichthof. Für kurze Zeit konnte Pit ihn nicht mehr sehen, aber er hörte die näherkommenden Schritte auf dem knirschenden Schnee.
Mit beiden Händen umklammerte Pit die Mülltonne, hinter der er saß. Alle seine Muskeln waren gespannt. Er hob ein wenig den Kopf. Der kleine Mann war vielleicht noch zweieinhalb oder drei Meter von ihm entfernt.
›Jetzt‹, gab sich Pit selber das Kommando. Er stieß die Mülltonne um und drehte sie gleichzeitig so, daß sie quer vor ihm lag. Dann trat er mit dem Fuß dagegen. Die Mülltonne rollte auf den kleinen Mann zu. Pit hörte ihn lachen – es war ein hohes, helles Lachen wie von einer Frauenstimme. Dann machte der Kleine einen eleganten Sprung über die heranrollende Tonne hinweg, doch da hatte Pit schon die nächste ins Rollen gebracht. Damit hatte der Mann allerdings nicht gerechnet. Statt auf dem schneebedeckten Asphalt landete er auf der rollenden Tonne, seine Füße suchten nach Halt, rutschten ab. Der Mann ruderte mit den Armen in der Luft und fiel auf den Rükken. Pit rannte los, dicht an der Mauer entlang. Der Scheinwerfer flammte wieder auf und fuhr schnell hin und her. Für den Bruchteil einer Sekunde erfaßte er den fliehenden Jungen,

doch da war Pit schon durch die Eisentür geschlüpft und schlug sie krachend hinter sich zu.
Er stand auf einem Gehsteig. Auf der anderen Seite der schmalen Straße sah er einen jungen Mann in schwarzer Lederkleidung, der gerade den ersten Schritt auf die Fahrbahn machte. Doch da kam ein altes Auto die Straße herunter, dessen Schutzbleche so laut klapperten, daß sie den Motor fast übertönten. Das war für Pit ein vertrautes Geräusch. Er spurtete los. Im gleichen Augenblick setzte sich auch der Mann im Lederzeug in Trab. Aber da sprang schon die Tür des Autos auf. Pit hechtete hinein und zog die Autotür hinter sich zu.
»Mann, o Mann«, sagte er und rang nach Luft.
Pepper beschleunigte. Das Auto geriet etwas ins Schleudern, weil die Seitenstraße schneeglatt und nicht, wie die Hauptverkehrsstraßen, mit Salz gestreut war.
Neben Pepper saß Jonny. Auf dem Rücksitz hatte es sich Arnica bequem gemacht.
Als Pit wieder richtig atmen konnte, sagte er: »Was ist denn mit euch, gehört ihr nicht ins Bett?«
Jonny drehte sich zu ihm um: »Das konnten wir uns doch nicht entgehen lassen, wie der große Clan mit vereinten Kräften unseren guten Freund Pit hopsnimmt!«
»Du hast auch schon bessere Witze gemacht«, erwiderte Pit. Er sah aus dem Fenster. Dann beugte er sich plötzlich vor: »Wo fahren wir denn hin?«
»Zu Rübezahl«, antwortete Arnica.
»Ehrlich?«
»Ja«, zum ersten Mal ergriff nun Pepper das Wort. »Der Fall ist so heikel, daß wir nichts ohne die Polizei machen können – oder sagen wir mal, fast nichts!«

Frau Scheringers dritte Tat

Rübezahls Büro war ein großer, häßlicher Raum, dessen Wände mit grünlicher Ölfarbe bemalt waren. Hinter dem altersschwachen Drehstuhl aus Holz, der bei jeder Bewegung Rübenachs herzerweichend stöhnte, hing ein großer Stadtplan, in dem zahllose bunte Stecknadeln steckten. Der Schreibtisch war mit Papieren überhäuft. Obenauf stand ein angeschlagener Dessertteller, den Rübezahl als Aschenbecher benützte. Eine Lampe mit einem runden, grünen Schirm baumelte von der Decke herab und verbreitete ein schaurig-dunkles Licht. Rübezahl saß hinter dem Schreibtisch, die Arme über dem Kopf verschränkt. In seinem Mundwinkel hing eine Zigarette, von der eine kerzengerade Rauchsäule aufstieg.
Pepper stand neben der Tür, Pit saß auf einem zerschlissenen Ledersofa, aus dessen Innerem Seegras hervorquoll. Arnica und Jonny hatten auf zwei Stühlen Platz genommen.
Ein Beamter brachte Kaffee und Limonade und für Kommissar Rübenach eine Flasche Bier. Er stellte das Tablett ab und sagte: »Das Ehepaar Bergemaier und Frau Küster sind verständigt.«
Rübenach nickte und nahm die Arme vom Kopf. Jetzt standen seine roten Haare noch wirrer ab als sonst.
»Das ist wieder typisch für euch«, brummte er und starrte Pit böse an, »auf eigene Faust, ohne Konzept tappt ihr in alle Fettnäpfe, die es überhaupt nur gibt.«
Pepper stieß sich von der Wand ab und wetterte: »Noch so ein Satz, Rübenach, und wir gehen. Dann können Sie selbst sehen, wie Sie den Clan fassen.«
Rübenach drückte die halbgerauchte Zigarette in dem Dessert-

teller aus, genauer gesagt, er zerstampfte sie mit seinen dicken Fingern. Der Teller kam ins Rutschen und mit ihm der ganze Aktenberg, der sich darunter befand. Rübezahl sah gelassen zu, wie der Papierstapel einstürzte und der Teller durch das Zimmer rollte, bis er scheppernd, dicht vor Peppers Füßen, liegenblieb.

»T. G. heißt also Theodor Greinacher«, sagte der Kommissar, »und dann gibt's noch diesen J. B., der aussieht wie ein Boxer, dann einen gewissen Albert, der klein, dünn und gelbhaarig ist und einen schwarzen Mantel bis zu den Knöcheln trägt. Richtig?«

Niemand antwortete ihm. Rübezahl fuhr ungerührt fort: »Die sechs Dunkelmänner, die den Clan befehligen, treffen sich im Club der Saleryaner, im sogenannten weißen Salon. Das heißt, nachdem ihr sie heute in Schrecken versetzt habt, treffen sie sich vielleicht jetzt im Bahnhofsrestaurant oder auf der Kunsteisbahn.« Er lachte, aber niemand lachte mit. »Dann haben wir noch dieses erstaunliche Dokument auf einem Blatt rosafarbenen Toilettenpapier.«

Pit faßte in seine Hosentasche und zog ein paar unbeschriebene, ziemlich zerknitterte Papierblätter hervor.

»Und das da«, sagte er, »das hätte ich in dem ganzen Trubel fast vergessen.«

Er schob die Blätter über Rübezahls Schreibtisch.

»Was soll ich denn damit?« brummte der Kommissar. »Steht ja nichts drauf!«

»Ich glaube, die Notizen haben sich durchgedrückt.«

Pit erklärte, wo er die Papiere her hatte. Rübenach nickte anerkennend. »Gut gemacht!« Er schrie, ohne sich vom Stuhl zu erheben: »Inspektor Nöhlmann!«

Der Beamte, der den Kaffee, die Limonade und das Bier gebracht hatte, kam augenblicklich herein und blieb erwartungsvoll an der Tür stehen. Rübezahl streckte ihm die Blätter hin und kommandierte: »Geben Sie das ins Labor, Nöhlmann,

kann sein, daß sich Schrift durchgedrückt hat. Und dann räumen Sie das Zeug da vom Boden«, er zeigte auf die wild herumliegenden Akten und die Asche.
»Ich bringe die Papiere ins Labor, Ihre Unordnung können Sie selbst aufräumen«, antwortete der Inspektor forsch und war fast im gleichen Augenblick draußen.
Rübenach starrte die Tür, die rasch hinter dem Inspektor ins Schloß fiel, mit offenem Mund an. Schließlich murmelte er: »Na so was!« und begann, das Papier vom Boden aufzusammeln. Arnica half ihm dabei.
»Was werden Sie jetzt unternehmen?« fragte Pepper.
Rübezahl, der noch immer am Boden saß und einen Papierstapel an den Kanten aufstieß, sah zu Pepper auf. »Wenn Sie mich von Anfang an unterrichtet hätten, säße der ganze Clan bereits hinter Schloß und Riegel. Aber so...« Er erhob sich ächzend. »Die werden die Zeit nutzen, um alle Spuren zu verwischen.«
»Man müßte eben noch heute nacht das Klubgebäude durchsuchen«, erwiderte Pepper.
»Ja, glauben Sie denn, daß mir irgendein Richter einen Durchsuchungsbefehl ausstellt, nur weil ein Halbwüchsiger, der dort den Pikkolo spielt, ein Verbrechen wittert?«
»Glauben Sie mir etwa nicht?« fragte Pit.
»Natürlich glaube ich dir. Jedes Wort glaube ich dir, aber ich bin nicht der Richter.« Er kramte einen blauen Aktendeckel unter einem Stapel Papier hervor, schlug ihn auf und sagte: »Der zuständige Richter heute nacht ist Dr. Amadeus Lechler ... ja, ja, er heißt tatsächlich Amadeus, weiß der Himmel, warum seine Eltern ihn so getauft haben ... Er ist Saleryaner. Bevor mir der einen Durchsuchungsbefehl für seinen Klub ausstellt, muß eine ganze Menge mehr passieren!«
»Ich kenne Sie doch. Sie haben einen fix und fertigen Plan«, feilschte Pepper.
»Und wenn schon – Sie weihe ich bestimmt nicht ein, Sie haben mich auch nicht eingeweiht!«

Arnica blinzelte ein wenig. Sie war müde, und die Art, wie die Männer sich gegenseitig belauerten, ging ihr auf die Nerven.
»Wie die Kinder«, sagte sie.
Rübezahl starrte sie verblüfft an, Pepper schob seinen massigen Kopf vor und kniff die Augen zusammen.
»Was hast du da gesagt?« fragten beide wie aus einem Mund.
»Ich habe gesagt, daß Sie sich wie Kinder benehmen. ›Du hast mich nicht mitspielen lassen, jetzt darfst du auch bei mir nicht mitspielen. Äääätsch‹!«
Rübezahl schlug mit der Faust auf den Tisch und brachte damit schon wieder einen Aktenstapel ins Rutschen.
»Da hört sich doch alles auf!« brüllte er.
In diesem Augenblick ging die Tür auf. Inspektor Nöhlmann kam herein und legte die zerknitterten Papierblätter auf Rübenachs Tisch, daneben plazierte er sechs weitere Blätter. »Das sind die Rekonstruktionen«, sagte er.
Alle versammelten sich um den Schreibtisch. Nöhlmann verließ rasch wieder Rübezahls Zimmer. Auf dem einen Blatt waren nur Männchen gemalt. Auf einem zweiten standen Zahlen wild durcheinander. Auf dem dritten hatte jemand mit steiler Schrift geschrieben: ›Dieses Geschwätz kann ich bald nicht mehr mit anhören.‹ Das vierte Blatt aber war das interessanteste. Da stand eine Art Tagesordnung:

1. Bericht über Verhaftung Kazuras.
2. Maßnahmen gegen Pepper.
3. Verkauf der Einheiten 214 bis 269 (Riad, Istanbuhl, Wien).
4. Entlassung der Mitarbeiter / Abfindung.
5. Prämie für Albert, Grüner und Pfahl.
6. Prämie für Inspektor K. M.

Auf einem weiteren Zettel stand:

Anwesend: T. G., J. B., E. H., H. A., G. S.

F. S. fehlt entschuldigt.

Das sechste Blatt war unbeschrieben, was einfach zu erklären war, da F. S. ja entschuldigt gefehlt hatte.
Pepper hob als erstes wieder den Kopf, sah Rübezahl scharf an und sagte: »Da würde ich mal alle Polizeiinspektoren überprüfen, deren Vorname mit K und deren Nachname mit M anfängt.«
»Unsinn«, brummte Rübenach, »es gibt ja nicht nur Polizeiinspektoren, sondern auch Stadtinspektoren, Steuerinspektoren, Verwaltungsinspektoren...«
»Können wir jetzt nach Hause?« fragte Arnica.
»Je schneller, je lieber«, entgegnete Rübezahl.
»Der Mohr hat seine Schuldigkeit getan...« knurrte Pepper und ging zur Tür. »Hoffentlich vergessen Sie in Ihrem Bericht nicht zu erwähnen, welchen Anteil wir zu der Aufklärung beigetragen haben.«
»Noch ist ja nichts aufgeklärt.« Rübenach gab Arnica und Jonny die Hand, klopfte Pit anerkennend auf die Schulter und sagte zu Pepper: »Nichts für ungut, ich habe einen schweren Tag hinter mir!«

Die vier verließen sein Büro. Rübenach kehrte an seinen Schreibtisch zurück, warf die Beine mit Schwung auf den obersten Aktenberg, griff mit der linken Hand nach der Bierflasche und mit der rechten nach den Blättern mit den Rekonstruktionen. So saß er noch lange da in dieser Nacht.

»Meinst du, daß dich einer erkannt hat?« fragte Pepper Pit auf dem Heimweg.
»Schon möglich.«
»Dann kannst du morgen nicht hingehen.«
»Ich muß aber. Mein Klassenkamerad ist weggefahren.«
»Alsdann wirst du eben auch krank.«
»Ich gehe hin. Was kann mir schon passieren, wenn alle Klubmitglieder da sind?«
»Wer weiß!«
»Wieviel Trinkgeld hast du eigentlich zusammenbekommen?« fragte Jonny.
»Sage und schreibe einhundertsechsundachtzig Mark und zwanzig Pfennig!«
»Mann!«
»Peter Sander bekommt davon einhundertzwanzig Mark. Mit dem Rest gehen wir mal wieder ordentlich Pizza essen!«
Sie schwiegen eine Zeitlang, während Pepper sein altes Auto vorsichtig heimwärts schaukelte. Der hintere linke Kotflügel machte einen fürchterlichen Krach.
»Das ist vielleicht ein blöder Fall«, sagte Arnica nach einer Weile.
»Wieso?« fragte Pit.
»Jonny und ich haben überhaupt nichts damit zu tun. Wir sind bloß Zuschauer!«
»Na ja, es war auch schon umgekehrt«, meinte Pepper. »Ich bin froh, daß ihr dieses Mal nicht mit hineingeraten seid. Einen solchen Gegner hatten wir noch nicht oft.«
Da erntete er aber gewaltigen Widerspruch.

»Und wie war's auf der Insel Wellum?*« fragte Jonny.
»Und im Giftmüll-Fall?**« stieß Arnica nach.
»Und erst damals bei der Eisenbahnerpressung!***« rief Pit.
»Aufhören!« knurrte Pepper. »Einigen wir uns darauf, daß wir ausschließlich mächtige Gegner hatten, und ihr alle miteinander Helden seid.«
Er bog in die Zufahrtsstraße zur *Grünen Idylle* ein, ließ Arnica vor dem Bungalow ihrer Eltern aussteigen, Jonny vor dem Haus, in dem er wohnte, und Pit in der Querstraße. Pepper war froh, endlich allein zu sein. Er mußte alles noch einmal in Ruhe überdenken. Im Salon legte er eine Platte auf. Er streckte sich auf dem Sofa aus und rührte sich nicht, als das Telefon anhaltend klingelte. Ein paar Minuten später war er eingeschlafen.
Er wußte nicht, ob er träumte oder ob er wachte. Ein grelles Klirren und Splittern, danach ein fürchterlicher Knall und eine unnatürlich helle Stichflamme weckten ihn auf. Er bekam einen Hustenanfall, richtete sich auf, sah, wie sich am Boden seines Salons die Flammen ausbreiteten und bereits die Vorhänge erfaßten.
›Ein Brandsatz‹, fuhr es ihm durch den Kopf. Er sprang auf, kümmerte sich jedoch nicht um die Flammen, sondern riß die Tür auf. Ein Luftzug fuhr in das Feuer und fachte es noch mehr an. Im Vorbeigehen hatte er den Revolver von der Kommode gegriffen. Mit einem Satz übersprang er die Treppe und landete im Schnee. Unter dem Kastanienbaum sah er eine schmale Gestalt. Er hob die Waffe und schoß in die Baumkrone. »Keine Bewegung!« schrie er. »Kommen Sie her, oder ich schieße Ihnen ein Loch in den Kopf.«
Aus dem Schatten des Baumes löste sich ein hochgewachsener, schlanker Mann. Irgendwo in der Nähe rief jemand: »Feuer, bei Pepper brennt's!«

* Siehe *Paul Pepper und der schwarze Taucher,* Franckh Verlag, Stuttgart.
** Siehe *Paul Pepper und das schleichende Gift,* Franckh Verlag, Stuttgart.
*** Siehe *Paul Pepper und die tickende Bombe,* Franckh Verlag, Stuttgart.

Pepper schoß ein zweites Mal. Diesmal spritzte der Schnee, vermischt mit Erde, dicht vor den Füßen des Mannes auf.
»Hierher, aber schnell!« brüllte Pepper.
Jetzt erkannte er den Mann – es war Bert Grüner. Er trieb den Jüngling vor sich her in seinen Eisenbahn-Salonwagen, kämpfte sich durch Rauch und Flammen – Bert Grüner immer am Arm hinter sich herziehend – ins Badezimmer, riß die Handdusche aus der Haltevorrichtung, drehte das Wasser auf und richtete den Strahl durch die Türöffnung auf die Flammen. Grüner hatte eine Decke vom Sofa gezerrt und schlug damit auf das Feuer ein.
»Wenn die Kommode verbrennt, bring' ich dich um!« brüllte Pepper außer sich vor Wut.
Da hörte er die ersten Signale der Feuerwehr. Als die Männer des Löschzuges hereinstürmten, hatten sie nur noch wenig Arbeit. Das Feuer hatte in den alten Parkettboden ein nahezu kreisrundes Loch gebrannt. Die Vorhänge waren ein Opfer der Flammen geworden. Peppers Schallplatten waren durch die Hitze zu unförmigen Klumpen verschmolzen. Überall lagen Rußflocken. Der Rauch hing unter der Decke und reizte zu ständigem Husten.
Bert Grüner saß wie ein Häufchen Elend auf der Bank am Eßtisch, bewacht von zwei Feuerwehrmännern. Zehn Minuten später erschienen Rübenach und zwei uniformierte Beamte. Pepper gab knapp Auskunft. Rübenach verhaftete Grüner. Der Löschzug fuhr wieder davon. Auch die Polizeibeamten gingen. Pepper blieb allein zurück. Er rief Frau Scheringer an, die sich erst nach dem zehnten Mal Klingeln verschlafen meldete. »Ich komme rüber«, sagte Pepper. »Man hat mir meinen Eisenbahn-Salonwagen angezündet. Hier halte ich es heute nacht nicht aus.«
»Ich warte auf Sie«, antwortete die Alte schlicht.
Pepper verließ seinen Wagen und stapfte durch den Schnee auf das Gartentor zu. Er sah auf die Uhr. Es war kurz vor Mitter-

nacht. Die Schneewolken hatten sich verzogen. Der Himmel war klar und sternenübersät. Pepper blieb stehen und dehnte seine müden Knochen. Irgend etwas stimmte nicht. Als alter Hase hatte er ein untrügliches Gespür für Gefahr. In seinem langen Leben war er so viel schwierigen Situationen ausgesetzt gewesen, daß er irgendwo weit hinten in seinem Gehirn eine Art Frühwarnsystem hatte. Und das signalisierte ihm jetzt: Gefahr!
Langsam ging er weiter. Am Gartentor blieb er stehen. Er bückte sich, um vermeintlich den Schnürsenkel an einem Schuh zu binden. Dabei sah er unter seinem Ellbogen durch nach hinten. Dicht bei der Kastanie, nicht weit von der Stelle entfernt, an der er Grüner aufgestöbert hatte, sah er die Silhouette eines Menschen. Sofort fiel ihm die Beschreibung Pits ein. Der Mann war klein, trug einen knöchellangen, schwarzen Mantel und eine Sportmütze. Und wie hatte Grüner bei ihrem ersten Zusammentreffen gesagt? ›Mitte fünfzig, komische blonde Haare, eigentlich mehr gelb als blond. Größer als einssechzig ist er bestimmt nicht, aber er hat Kraft. Ein gefährlicher Typ!‹
Pepper richtete sich auf und öffnete das niedrige Gartentor. Er zog es hinter sich zu, schlug den Mantelkragen hoch und ging die Zufahrtsstraße hinunter. Nach etwa dreißig Metern machte die Straße einen Knick. Dort hatte ein Rentnerehepaar einen Schrebergarten. Die Leute kamen nur im Sommer in die Kolonie heraus. Pepper stützte sich mit der rechten Hand auf einen Pfahl und schwang sich mit einer Flanke über den Zaun. Vorsichtig kroch er zwischen zwei dicht beieinanderstehende Tannen. Schnee rieselte in seinen Kragen.
Er mußte nicht lange warten. Mit kurzen, schnellen Schritten näherte sich die kleine Gestalt. Mit einer Taschenlampe leuchtete der Verfolger die Spuren Peppers im Schnee ab.
Pepper machte einen kurzen Schritt nach vorne. Er war jetzt dicht am Zaun. Der kleine Mann blieb stehen, als er auf seiner Höhe war. Hier brach Peppers Spur ab. Der Mann fuhr herum,

und im gleichen Augenblick setzte Pepper über den Zaun. Er stand dicht vor seinem Verfolger. »'n Abend!« preßte er zwischen den Zähnen heraus. Die rechte Gerade kam ansatzlos und blitzschnell. Sie traf Pepper knapp unter der Herzgrube und schmerzte entsetzlich. Aber Pepper hatte schon immer ›Nehmerqualitäten‹ gehabt. Er ging selten beim ersten Schlag zu Boden, und wenn man ihn zornig machte, konnte er ungeahnte Kräfte entwickeln.
Er krallte seine Hände ineinander, bildete so eine Doppelfaust und riß beide Arme gleichzeitig hoch. Der Schlag traf den kleinen Mann direkt an der Kinnspitze und hob ihn förmlich von den Füßen. Er gab noch einen erstaunten Laut von sich und brach dann vor den Füßen des Detektivs zusammen. Pepper zog ihn ohne viel Federlesens hoch und warf ihn wie einen Sack über die Schulter. Zornig vor sich hinbrabbelnd setzte er seinen Weg fort. Es waren keine achtzig Meter mehr bis zu dem Mietshaus, in dem Frau Scheringer ihre kleine Wohnung hatte.
Als sie Pepper die Tür öffnete, riß sie erstaunt die Augen auf.
»Statt Blumen«, sagte Pepper, der schon wieder ein Grinsen zustande brachte, und ließ die schlaffe, schmale Figur auf den Teppich gleiten. Der kleine Mann gab ein leises Stöhnen von sich.
»Wer ist das?« fragte Frau Scheringer.
»Der allgegenwärtige Herr Albert.«
»Der Mann, der zwischen den Chefs des Clans und den Mitarbeitern steht?«
»Ja. Er gibt zum Beispiel Grüner die Befehle. Jetzt allerdings nicht mehr. Grüner sitzt im Untersuchungsgefängnis. Albert haben wir hier auf Nummer Sicher, und die Chefs haben wir so nervös gemacht, daß sie wahrscheinlich mit zitternden Beinen und klappernden Zähnen zu Hause sitzen und hoffen, daß alles vorbeigeht.«
Frau Scheringer schenkte Kognak in drei Gläser und hielt eines davon dem kleinen Mann unter die Nase. Die Sportmütze lag

jetzt neben Alberts Kopf, und man sah, daß seine Haare tatsächlich fast gelb waren. Er kam langsam zu sich. Nach einer Weile richtete er sich ein wenig auf, griff nach dem Glas und leerte es in einem Zug.
Pepper beobachtete ihn genau, bereit, jeden Augenblick erneut auf ihn loszugehen.
»Sie haben vielleicht einen Schlag!« sagte Albert, als er sich etwas erholt hatte. »Ich dachte schon, Sie hätten mir das Genick gebrochen.«
Pepper massierte die Stelle unter dem linken Rippenbogen und entgegnete: »Immerhin haben Sie zuerst zugeschlagen, Albert!«
Überrascht hob der kleine Mann den Kopf.
»Woher wissen Sie meinen Namen?«
»Von Theodor Greinacher«, erwiderte Pepper.
»Was?« Albert war völlig perplex. »Gehören Sie etwa zu...« er unterbrach sich, schlug die flache Hand vor den Mund und fuhr nach einer kurzen Pause fort: »Mein Gehirn muß etwas abbekommen haben.«
»Die Reparaturen in meinem angekohlten Eisenbahn-Salonwagen kosten mindestens 10000 Mark«, sagte Pepper zu Frau Scheringer.
»Ich denke, daß man da etwas machen kann«, ließ sich Albert hören, der noch immer am Boden saß.
»Wer ist ›man‹?« fragte Pepper.
»Wir sind nicht mittellos!« antwortete Albert und versuchte ein Lächeln.
»Ja, das ist bekannt.«
»Ich könnte da sicher...«
Pepper unterbrach den kleinen Mann. »Das gibt doch gar keinen Sinn! Erst anzünden und dann wieder gut machen.«
»Sie sehen ja selbst, daß eine neue Situation entstanden ist.«
»Allerdings. Ich werde Sie der Polizei übergeben.«
»Mit welcher Begründung?«

»Sie haben mich tätlich angegriffen. Außerdem ist Bert Grüner ein Mann, der singt wie ein Kanarienvogel, wenn man ihm nur ein bißchen auf die Pelle rückt.«
Die Augen des kleinen Mannes wurden schmal. »Heißt das, daß Sie schon einmal mit ihm gesprochen haben?«
Pepper gab ihm keine Antwort. Er sagte mehr zu sich selbst: »Mich würde interessieren, wo die sich jetzt treffen, nachdem es bei den Saleryanern nicht mehr geht.«
Frau Scheringer, die aus alter Gewohnheit ihr Strickzeug hervorgezogen hatte und mit schnell klappernden Nadeln an einem Pullover für Pepper arbeitete, meinte ganz beiläufig: »Ich denke, bei Sonnenschein!«
Pepper wollte ihr gerade sagen, daß er ihre dummen Spekulationen nicht mehr hören könnte, als sein Blick auf Albert fiel. Der hatte sich halb erhoben und starrte Frau Scheringer an wie das siebte Weltwunder. »Woher...« stammelte er »...Sie wissen ... ich meine, woher wissen Sie...?« Er ließ sich auf den Boden zurücksinken und stützte seinen Kopf in beide Hände.
»Ach, Sie meinen, weil er gestern abend entschuldigt gefehlt hat...?« stieß Pepper sofort nach.
»Sie haben also einen Spitzel im Zentrum unserer Organisation«, schrie Albert heraus. Er hatte für Sekunden völlig die Kontrolle verloren. Panik schien ihn ergriffen zu haben. »Aber dann ist, ... dann ist doch...« er unterbrach sich und zerwühlte mit beiden Händen seine fast gelben Haare. »Augenblick«, sagte er, »ruhig bleiben, ich muß nachdenken. Einen Augenblick!« Aber alles Nachdenken schien ihm nichts zu nützen.
Pepper ging zu ihm hinüber, zog ihn am Revers seines langen Mantels hoch und hievte ihn behutsam in einen Sessel. Dann griff er schnell in die Innentasche des Mantels und brachte eine Brieftasche hervor. Ungeniert durchsuchte er sie. Albert schien nichts dabei zu finden. Er hätte im umgekehrten Fall nicht anders gehandelt. Im Augenblick war er der Verlierer, und folglich war er diesem Detektiv ausgeliefert.

»Albert Graf«, las Pepper vor. »Oh, er besitzt noch einen Ausweis, ausgestellt auf den Namen Albert Geiger und einen auf den Namen Albert Guntsch. Vielleicht weiß Rübezahls Polizeicomputer, welches der richtige ist.«
Der kleine Mann rappelte sich ein wenig auf und sah Pepper prüfend an.
»Bevor Sie eine falsche Entscheidung treffen, sollten wir überlegen, ob wir nicht miteinander ins Geschäft kommen können.«
»Pfui!« machte Frau Scheringer.
»Warum pfui?« sagte Pepper, »darüber kann man immer reden. Ich bin kein Polizist, sondern Privatdetektiv.«
»Sehen Sie«, rief Albert, »jeder Mensch hat seinen Preis! Was verlangen Sie, Herr Pepper?«
»Ich will das Geschäft mit den Versicherungen machen. Ich brauche also von Ihnen kein Geld, Albert, sondern Informationen. Wir wissen, daß T. G. Theodor Greinacher ist. F. S. ist Friedrich Sonnenschein. J. B. ist ein mittelschwerer Boxer mit Kraushaar und wildem Bart. Aber wer sind E. H., H. A. und G. S.?«
»Tut mir leid, das kann ich Ihnen nicht sagen. Aber ich wäre bereit, bis zu 20000 Mark...«
»Kein Interesse!«
»25000?«
»Ich will kein Geld, ich will Informationen!«
»30000?«
»Wir sind hier nicht auf einem Bazar in Tunesien, Mann!«
Pepper griff nach dem Telefon, das auf einem kleinen Schreibtisch aus Nußbaumholz stand. Er wählte die Nummer der Polizei und sagte: »Ist Kommissar Rübenach noch im Haus?« Und als er Antwort bekommen hatte, meinte er, »der schläft wohl überhaupt nie!«
Rübenach hatte den letzten Satz mitbekommen und rief gutgelaunt durchs Telefon: »Na, Sie sind ja auch noch nicht im Bett! Ich verhöre gerade diesen Grüner.«

»Ich habe hier noch einen!« antwortete Pepper.
»Halt!« rief Albert. »50000!«
Pepper sprach ungerührt weiter. »Es ist einer aus der mittleren Ebene, mittleres Management würde man in der Wirtschaft sagen. Albert Graf, Geiger, Guntsch oder sonst etwas mit G. Er ist klein und drahtig mit einer erstaunlich harten rechten Geraden. Gelbe Haare, blaue Augen. Der Mann, der das Fußvolk des Clans in Trab hält.«
Blitzschnell war der kleine Albert auf den Beinen.
»Halt!« donnerte Pepper.
Rübezahl schrie ins Telefon: »Lassen Sie ihn bloß nicht entwischen!«
Frau Scheringer griff nach einer Vase, die neben ihr stand, und schleuderte sie Richtung Tür. Das Porzellangefäß traf Albert zwischen den Schulterblättern, fiel zu Boden und zerbrach. Durch den Aufprall wurde der kleine Mann gegen die Kante der Tür geworfen, die er bereits halb geöffnet hatte. Er stieß einen Schmerzensschrei aus, prallte zwei Schritte zurück und wurde in diesem Augenblick von Pepper an beiden Schultern gepackt. Frau Scheringer griff nach dem Telefonhörer und sagte in aller Ruhe zu Rübenach: »Hier Scheringer, wir haben ihn aufhalten können. Kommen Sie bitte möglichst schnell, oder schicken Sie jemanden, wir müssen diesen Mann so rasch wie möglich loswerden – wir sind in meiner Wohnung, Kurze Straße 68.«
Dann legte sie auf, ohne eine Antwort abzuwarten.
Pepper sagte: »Das ist jetzt bereits das dritte Mal, daß Sie im entscheidenden Moment eingreifen!«
»Die Vase hat seinerzeit 84,– Mark gekostet«, gab sie zur Antwort.
»Das zahlen wir aus der Prämie!«
»Ich hätte Ihnen auch 100000 Mark bezahlt«, meinte Albert niedergeschlagen. »Wer denkt denn auch, daß Sie so hartgesotten sind!«

»Tja«, machte Pepper, »einer wie Sie begreift das wohl nicht!« Als vier Polizisten den kleinen Albert abgeholt und vorsichtig mit Handschellen gefesselt und abgeführt hatten, streckte sich Pepper auf dem Sofa aus und schlief sofort ein.
»Ein Glück, daß morgen Sonntag ist«, murmelte Frau Scheringer, als sie in ihr Schlafzimmer hinübertippelte. »Nein, eigentlich heute schon!« brummte sie vor sich hin, als sie den Wecker aufzog. Er stand auf zwanzig Minuten nach zwei Uhr.

Wer ist Inspektor K. M.?

Der Sonntag verlief zunächst sehr ruhig. Frau Scheringer fuhr zum Frühstück alles auf, was ihr Kühlschrank hergab. Pepper ließ es sich schmecken. Er verdrängte die Gedanken an seinen stark beschädigten Salonwagen. Aber als Frau Scheringer durchs Fenster deutete und sagte: »Schauen Sie mal, dort drüben, Herr Friedrich Sonnenschein und seine Gattin fahren zur Kirche«, da war plötzlich alles wieder da. Pepper erhob sich und sah durch das Fenster. Herr Sonnenschein stieg gerade in den 500er Mercedes ein, den er sich vermutlich hatte stehlen lassen und den ihm Pepper wieder zurückgebracht hatte.
»Wenn man bedenkt, daß der am Ende hinter allem steckt«, meinte Pepper.
Frau Scheringer rieb sich die Hände. »Ich finde es herrlich, daß wir hier im Warmen sitzen und alles in Ruhe beobachten können.«
»Was meinen Sie mit ›alles‹?«
»Na ja, die treffen sich doch vermutlich jetzt bei Sonnenschein – zumindest läßt sich das aus der Reaktion des kleinen Albert schließen.«

Pepper kratzte sich am Kopf. »Ich weiß nicht. So einfach werden sie es uns am Ende dann doch nicht machen.«
»Treffen müssen sie sich. Schließlich hat sich seit gestern einiges getan.«
»Aber nicht unbedingt im Hause eines der Beteiligten«, erwiderte Pepper.
»Wo denn sonst?«
»Was weiß ich. In der Kirche vielleicht!«
Pepper hatte es nur spöttisch gemeint, aber plötzlich sprang er auf. »Das wäre tatsächlich am unverfänglichsten.«
»Also, wenn ich so eine Vermutung aussprechen würde ... da möchte ich Sie hören! ›Die Alte spinnt mal wieder‹, würden Sie sagen!«
Pepper grinste breit. »Na ja, immerhin wissen wir, daß Sonnenschein in die Kirche fährt.«
Er stand auf und holte seinen Mantel von der Garderobe. »Was halten Sie davon, wenn wir zwei wieder einmal in einen Gottesdienst gehen?«
»Ihnen schadet das bestimmt nicht«, entgegnete Frau Scheringer.
»Hochmut kommt vor dem Fall«, gab er lachend zurück.
Er half ihr in den Mantel und führte sie dann die Treppe hinunter. Als sie vor das Haus traten, kam gerade Herr Bergemaier die Straße entlanggefahren. Er stoppte.
»Wo geht's denn hin?« fragte er.
»In die Kirche«, antwortete Pepper.
Jonny, der auf dem Rücksitz saß, traute seinen Ohren nicht.
»Was, Sie alter Heide gehen in die Kirche?«
»Dann nehmen wir Sie mit!« sagte Bergemaier.
»Herrlich!« rief Frau Scheringer. »Dann darf ich auch einmal in diesem schönen, funkelnagelneuen Mercedes fahren – nur, was dieser komische rote Streifen da an der Seite...«
»Steigen Sie ein«, unterbrach sie Bergemaier barsch, »sonst verpassen Sie noch die Predigt.«

Auf dem Weg zur Kirche erzählte Pepper in kurzen Worten, was bisher geschehen war. Daraufhin beschloß Jonnys Vater, auch in den Gottesdienst zu gehen. Er war eigentlich auf dem Weg zu einer Sportveranstaltung, doch diese Geschichte versprach ihm viel eher eine spannende Story für seine Zeitung als das anstehende Handball-Match. Als sie auf den Parkplatz bei der Kirche einbogen, fanden sie keine Lücke mehr, um den Mercedes abzustellen. Herr Bergemaier fuhr um die Kirche herum und stellte den Wagen hinter dem Pfarrhaus ab.
Es war wärmer geworden. Der Schnee war naß, und bei jedem Schritt sanken sie tief ein. Jonny führte Frau Scheringer am Arm. Die Kirchenglocken verklangen gerade, als sie die Kirche betraten. Ein Kinderchor sang. Jonny suchte mit den Augen die Reihen der Sängerinnen und Sänger ab, denn er wußte, daß Arnica zum Chor gehörte. Tatsächlich, dort stand sie. Ganz rechts in der zweiten Reihe. Sie hatte die Augen halb geschlossen und sang so versunken mit, daß sie für nichts anderes einen Blick hatte. Bei Jonny war es genau umgekehrt. Er war ziemlich aufgeregt, seitdem Pepper erzählt hatte, was alles geschehen war. Aber so sehr er auch den Hals verrenkte, er konnte nirgendwo einen Mann entdecken, auf den die Beschreibung Sonnenscheins, Greinachers oder von J. B. zutraf. Enttäuscht blätterte er in seinem Gesangbuch.
Der Pfarrer verlas das Evangelium und stieg danach auf die Kanzel, während die Gemeinde ein Lied sang. Pepper flüsterte: »Das verstehe ich nicht, wenn ich mich nicht täusche, habe ich doch Sonnenscheins Wagen draußen gesehen.«
»Frau Sonnenschein ist jedenfalls da – dort vorne sitzt sie, aber ohne ihn«, tuschelte die Alte.
Die Gemeinde schickte sich an, die letzte Strophe zu singen. Jonny schlich sich aus der Bankreihe und aus der Kirche. Niemand schien es zu bemerken.
Vor dem Gotteshaus war es seltsam still und leer. Der Choral klang wie aus weiter Ferne. Jonny bückte sich und machte einen

Schneeball. Er warf ihn in weitem Bogen über die abgestellten Autos hinweg. Draußen auf der Straße zerplatzte das Geschoß. Wie durch Zufall ging der Junge zu dem 500er Mercedes hinüber, der Sonnenschein gehörte. Er versuchte, die Fußspuren zu verfolgen, die vom Auto wegführten. Neben der Fahrertür sah er zwei Abdrücke, die unverwechselbar waren. Das Muster der Sohle sah aus wie eine Sonne mit unzähligen, nach allen Richtungen führenden Strahlen. Aber schon wenige Meter vom Wagen entfernt, vermischten sich die vielen Fußspuren zu einem unentwirrbaren Gesamtmuster. Jonny trödelte weiter. Er umrundete lustlos die Kirche und überlegte, ob er nicht unbemerkt wieder hineinschleichen sollte. Da entdeckte er plötzlich wieder das seltsame Sohlenmuster. Es führte zum Gemeindesaal, der im hinteren Teil des Pfarrhauses untergebracht war. Jonny kannte den Raum, denn dort war er gelegentlich bei den Jugendabenden gewesen.

Vorsichtig pirschte er sich heran. Vor dem Gemeindesaal dehnte sich eine breite Terrasse aus. Es war unmöglich, sich dort aufzuhalten, ohne von innen gesehen zu werden.

Von der Kirche klang wieder ein Lied herüber. Dann läutete eine einzelne Glocke. Jonny stand entschlußlos herum. Er mußte unbedingt Pepper und seinen Vater informieren. Andererseits war er nicht sicher, ob das Sextett im Gemeindesaal tagte.

Endlich faßte der Junge einen Entschluß. Er bückte sich, machte aus dem nassen, pappigen Schnee einen großen Schneeball, versteckte im Inneren des Geschosses sicherheitshalber noch einen Stein, holte weit aus und warf die weiße Kugel mit aller Kraft gegen eine der vielen Scheiben, die zur Terrasse führten. Klirrend ging sie zu Bruch. Jonny rannte los, sprang die Stufen der Terrasse hinauf und begann schon unterwegs zu jammern: »So ein Mist, wie kann mir das bloß passieren, wenn das mein Vater erfährt...« Er erreichte die zerbrochene Scheibe genau in dem Moment, als die Tür zur Terrasse

von innen aufgestoßen wurde. Vor ihm erschien ein Mann, auf den die Beschreibung von J. B. exakt zutraf: blondes Kraushaar, wilder Bart, muskulöse Erscheinung, Boxer der Mittelgewichtsklasse.
»Was soll denn das!« fuhr er Jonny an. »Wir sind zu Tode erschrocken!«
»Das wollte ich nicht!« stammelte Jonny. »Er ist mir irgendwie herausgerutscht!«
Jetzt erschienen zwei andere Männer hinter J. B. Einer von ihnen mußte der Beschreibung nach Greinacher sein. Er sah nervös auf die Uhr.
»Kommen Sie zurück, meine Herren, wir dürfen keine Zeit verlieren. Bis zum Ende des Gottesdienstes müssen wir fertig sein!«
»Verzieh dich!« fauchte J. B. Jonny an.
»Aber der Schaden. Ich muß das doch irgendwie wieder gut machen!«
»Laß gut sein. Das kann passieren. Wir waren auch mal so alt wie du«, sagte J. B. schnell. »Ich werde das in Ordnung bringen!«
»Oh«, jubelte Jonny, »das ist aber nett! Ganz prima finde ich das! Vielen Dank auch!« Er sprang die Treppen hinunter und beeilte sich, in die Kirche zurückzukommen.
Der Pfarrer beendete gerade seine Predigt und kehrte von der Kanzel zum Altar zurück, als sich der Junge wieder neben seinen Vater in die Bank quetschte. Er erzählte rasch, was er erlebt hatte. Im Hintergrund sang der Kinderchor ›Dona Nobis Pacem‹ – einen wunderschönen Kanon.
Herr Bergemaier unterrichtete in Stichworten Pepper. Der nickte nur ein paarmal, schien aber sonst ganz aufmerksam dem Gottesdienst zu folgen.
Der Pfarrer verlas noch ein paar wichtige Nachrichten. Unter anderem sagte er: »Aus Zeitnot tagt in diesem Augenblick unser Bauausschuß mit einer Gruppe von Männern, die unser

Bauvorhaben eines neuen Kindergartens und einer Gemeindebibliothek großzügig unterstützen wollen, drüben im Gemeindesaal. Wir hoffen, daß sie zu einem guten Ergebnis kommen und erbitten für sie, wie für uns alle, Gottes Segen!«
Die Gemeinde erhob sich, und der Pfarrer sprach den Segen. Die Orgel spielte, die Glocken begannen zu läuten. Die Gemeinde strömte hinaus ins Freie. Herr Bergemaier ging dicht neben Pepper und meinte: »So ist das also: Erste Tarnung die Saleryaner, und wenn das nicht funktioniert, trifft man sich beim Kirchengemeinderat beziehungsweise beim Bauausschuß des Kirchengemeinderats.«
Pepper nickte. »Die Herren Dunkelmänner sind ziemlich blöd, würde ich sagen.«
»Warum?«
»Wir sind hier nicht in Chikago. Die tun so, als ob sie eine richtige Mafia wären. Es gäbe bestimmt unauffälligere Methoden, sich zu treffen.«
»Unauffälliger vielleicht schon, aber auch unverfänglicher?«
Pepper hob die Schultern. Vom Pfarrhaus her näherten sich zwei Männer: J. B. und Greinacher.
»Und wo sind die anderen?« fragte Bergemaier.
»Die sind sicher schon weg«, meinte Jonny.
»Oder sie tagen noch weiter!« entgegnete Pepper. Er wirkte plötzlich nervös.
Sie gingen jetzt um die Kirche herum, um zu Bergemaiers Wagen zu kommen. Frau Scheringer hielt eine ältere Dame an, deutete auf den kräuselhaarigen J. B. und fragte: »Kennen Sie den Mann?«
»Aber sicher«, erwiderte die Frau, »das ist Johannes Bächler. Ihm gehört der Baustoffhandel in Linkenhell.«
»Vielen Dank«, sagte Frau Scheringer und versuchte, die anderen einzuholen, was ihr freilich nicht gelang, weil sie nicht mehr gut genug zu Fuß war.
Jonny war vorausgerannt. Er umrundete das Pfarrhaus und

stieg auf die Terrasse. Vier Männer standen dort dicht beieinander. Sonnenschein war dabei.
»Was willst du?« herrschte einer Jonny an.
»Ich wollte nur noch mal nachschauen ... ich habe doch vorhin die Scheibe eingeworfen.«
Der Mann lachte: »Den Täter zieht's immer an den Tatort zurück!«
Jonny ging rasch zu dem Fenster, sah es sich genau an und spitzte dabei die Ohren, so gut es ging. Er hörte, wie einer der Männer sagte: »Wenn er die Zahlung heute abend nicht leistet, was dann?«
»Er kann das Geld nicht zurückhalten«, erwiderte ein anderer.
Und wieder der erste: »Also pünktlich um 19.30 Uhr im Klub!«
»Ich halte das immer noch nicht für eine gute Idee«, meinte der dritte.
»Ach, laßt euch doch nicht verrückt machen. Halb acht im Klub. Ich gehe jetzt. Wenn ich meine Frau warten lasse, verzeiht sie mir das nie, selbst wenn sie gerade im Gottesdienst gehört hat, daß Vergeben die schönste Tugend sei!«
Die anderen lachten über den Scherz. Sie verabschiedeten sich. Einer nach dem anderen stiegen sie die Treppe hinunter und stapften durch den Schnee zum Parkplatz an der Kirche. Keiner merkte, daß Herr Bergemaier aus seinem Wagen heraus jeden von ihnen mit seiner Kamera fotografierte.
»Eine reizende Gesellschaft«, sagte Pepper, der im Fond saß.
»Aber keiner von denen sieht wie ein Verbrecher aus«, meinte Frau Scheringer.
»Welcher Verbrecher sieht schon wie ein Verbrecher aus?« antwortete der Detektiv bissig.
Sie saßen im Auto und warteten nur noch auf Jonny. Der bog jetzt um die Ecke des Pfarrhauses und kletterte ebenfalls in die Limousine seines Vaters.
»Die treffen sich heute abend um halb acht im Klub«, berichtete er.

»Nein!« riefen Bergemaier und Frau Scheringer wie aus einem Mund.
»Warum denn nicht?« fragte Pepper. »Solange sie nichts unternehmen, was sie verrät...!«
Vater Bergemaier legte am Sonntag wieder einmal eine Sonderschicht ein, worüber seine Frau sehr ärgerlich war. Jonny wich nicht von der Seite seines Vaters. Auch Arnica war dazugekommen. Jetzt standen alle drei in der Dunkelkammer der Zeitungsredaktion und warteten, daß die Bilder im Entwicklerbad Konturen annahmen.
»Du hast sie alle ausgezeichnet erwischt!« rief Jonny begeistert. »Rübezahl wird sich freuen.«
Gegen 19.00 Uhr trafen sie sich im Polizeipräsidium. Jonnys Vater hatte inzwischen die Personalien der fotografierten Männer festgestellt. Jetzt überreichte er Rübenach eine Liste:

T.G. - Dr. Theodor Greinacher, Prokurist bei einer Versicherung. 47 Jahre alt, verheiratet.
J.B. - Johannes Bächler, 29 Jahre alt, Baustoffhändler, ledig.
E.H. - Erhard Hunger, 45 Jahre alt, Herausgeber eines Anzeigenblattes, verheiratet, notorisch in Geldnot.
H.A. - Hans Ahlers, 32 Jahre alt, Gastwirt, ledig.
G.S. - Günter Siefert, 44 Jahre alt, Werbegrafiker, verheiratet.
F.S. - Friedrich Sonnenschein, 60 Jahre alt, Direktor eines Chemieunternehmens, verheiratet.

»Saubere Arbeit«, lobte Rübenach. »Leider habe ich aus diesem Albert Geißler – so heißt er übrigens wirklich – längst nicht

so viel herausbekommen. Aber ich habe mir noch einmal von der elektronischen Datenverarbeitung alle Delikte auflisten lassen, die möglicherweise dem Clan angelastet werden müssen.« Er schob ein langes Papierband über den Tisch. »Sie brauchen es jetzt nicht im einzelnen zu lesen. Es sind allein in unserem Großraum insgesamt 676 Diebstähle von teuren Luxusautos. Hinzu kommen diverse Goldschiebereien, Zollvergehen und – wenn nicht alles täuscht – hat der Clan seine Finger auch im Rauschgiftgeschäft. Die Männer, die die gestohlenen Autos in den Orient gebracht haben, sind allem Anschein nach nicht mit leeren Händen zurückgekommen.«
»›Geh nie mit leeren Händen‹, das hat schon meine Mutter gesagt«, unterbrach Pepper den Kommissar. Rübenach versuchte, mit gespreizten Fingern seine wilden, roten Haare ein wenig zurechtzuschieben, hatte aber wenig Erfolg damit. »Wenn ich mir überlege, wieviel Arbeit wir damit haben werden, jedem einzelnen Fall nachzugehen, würde ich die Kerle am liebsten laufen lassen.«
Pepper stand die ganze Zeit über unbeweglich am Türrahmen. Jetzt zog er eine Pfeife aus der Jackentasche und stopfte sie umständlich. »Und welche Rolle haben Sie mir zugewiesen, Herr Kommissar?«
Rübenach musterte ihn von unten nach oben. »Ihr Freund Bergemaier wird sicherlich dafür sorgen, daß Ihr Anteil an der Aufklärung dieses Falles gebührend an die Öffentlichkeit kommt. Die Versicherungen werden Ihnen die Prämie bestimmt zahlen. Zumindest einen Teil davon!«
»Ich bin schon zufrieden, wenn so viel herausspringt, daß ich den Brandschaden wieder herrichten lassen und ein neues Auto kaufen kann.«
»Ihre Sorgen möchte ich haben!« brummte Rübenach, »ein Brandloch und eine schrottreife Karre!«
»Mein Gott«, fuhr Pepper auf, »wenn einer ein festes Gehalt hat, braucht er sich meine Sorgen natürlich nicht zu machen.

Aber ich muß sehen, wie ich rumkomme!«
»Sie hätten ja bei der Polizei bleiben können. Warum haben Sie es nicht getan?«
»Ich konnte meinen Chef nicht ausstehen.«
»Was? Wen? Mich?«
»Ganz recht, Herr Kommissar!« Pepper, der ohnehin an der Tür gestanden hatte, ging hinaus auf den Korridor und zog die Tür hinter sich zu. So hörte er nur noch, wie der von Rübezahl geschleuderte Locher gegen das Holz donnerte.
Vor der Tür begegnete Pepper Inspektor Nöhlmann.
»Haben Sie auch Sonntagsdienst?« fragte er.
»Immer, wenn der Chef da ist, habe ich auch da zu sein«, antwortete der Inspektor mit säuerlichem Lächeln.
»Ja, ich weiß, wie schwierig er sein kann«, meinte Pepper mit einem Seufzer. Er sah Nöhlmann fast mitleidig an. »Sie sehen so aus, als ob Sie nur wenig an die frische Luft kämen.«
»Na ja, ich habe in der Regel Innendienst.«
»Heute abend werden Sie doch wohl dabei sein«, fuhr Pepper fort.
»Heute abend?«
»Ja, wenn Rübenach den Clan samt und sonders hochgehen läßt!«
Mit Nöhlmann ging eine seltsame Veränderung vor sich – nicht sehr auffällig, aber für einen guten Beobachter wie Pepper doch erkennbar. Die dürre Gestalt spannte sich ein wenig, die Augen wurden schmaler, die Lippen verengten sich zu einem dünnen Strich. Seine Hände ballten sich unversehens zu Fäusten.
»Ja, ich weiß nicht...« Die unsichere Art, in der er Antwort gab, stand im Widerspruch zur Veränderung seines Äußeren, das jetzt irgendwie entschlossen, ja angriffslustig wirkte.
»Sicher, er wird jeden Mann brauchen. Warten Sie nur die Einsatzbesprechung ab.«
»Wo..., ich meine, wo soll denn die Aktion stattfinden?«
Pepper fixierte den Inspektor, dann sagte er obenhin: »Der

Rübezahl ändert sich auch nicht mehr. Das ist mir vielleicht ein Geheimniskrämer. Sagen Sie bloß, er hat Ihnen noch nicht mitgeteilt, wo er diese Dunkelmänner fassen will.«
»Kein Wort!«
»Na ja, Sie werden es noch früh genug erfahren!« Pepper ging weiter den Korridor hinunter. Inspektor Nöhlmann kam ihm nach. »Können Sie mir nicht schon ein bißchen was sagen?«
»Ich weiß ja selbst nichts Genaues. Sie kennen doch den Kommissar. Wenn der nicht einmal seinen engsten Mitarbeiter einweiht, dann noch viel weniger einen Außenstehenden wie mich. Ich weiß nur, daß es heute passieren soll.«
»Hat er nicht irgend etwas verlauten lassen, vielleicht eine beiläufige Bemerkung?«
Pepper schüttelte den Kopf. »Tut mir leid. Auf Wiedersehen, Herr Inspektor!«
Nachdenklich ging der Detektiv den Korridor hinunter. Noch immer befiel ihn ein seltsames Gefühl, wenn er durch das Polizeigebäude ging, in dem er früher viele Jahre gearbeitet hatte. Pepper stieg in den Aufzug, um ins Erdgeschoß hinunterzufahren. Doch dann drückte er auf den Knopf mit der Aufschrift U1 und fuhr ins erste Untergeschoß. Dort waren die Labors. Sonntags arbeitete nur eine Kernmannschaft. Pepper brauchte nicht lange, um den Mann zu finden, der die Blätter untersucht hatte.
»Haben Sie sich Notizen gemacht?« fragte er. »Sie haben doch die durchgedrückten Zeichen übertragen.«
»Kein Problem heute mit den neuen Infrarotkameras«, entgegnete der Techniker. »Die Schrift kommt besser als im Original. Ja, ich habe sie hier noch mal notiert.«
»Ich brauche nur den Hinweis auf den Inspektor, das stand – ich glaube – unter Punkt 7.«
»Ja, ich erinnere mich. Hier hab' ich's: ›7. Prämie für Inspektor K. N.‹.«
Pepper starrte ihn an. »Noch mal und ganz langsam zum Mitdenken. Da stand K.N. und nicht K.M.?«

»Ich habe die Aufnahme ja noch hier, warten Sie!«
Der Techniker spannte einen Bogen schwarzes Filmpapier vor eine Milchglasscheibe und schaltete das Licht dahinter ein. Tatsächlich war die Handschrift sehr deutlich zu lesen, wenn auch negativ weiß auf schwarzem Grund. Kein Zweifel: Da stand: ›7. Prämie für Inspektor K. N.‹
Pepper ließ sich den Bogen geben und hastete zur Tür. Er wartete nicht bis ein Aufzug kam, sondern rannte die Treppe, immer drei oder vier Stufen auf einmal nehmend, hinauf zum dritten Stock. Er stieß die Tür zu Rübenachs Zimmer auf, ohne anzuklopfen.
»Das geht jetzt aber zu weit!« donnerte der Kommissar.
Pepper knallte das Fotopapier auf den Schreibtisch Rübezahls und kümmerte sich nicht darum, daß sich schon wieder ein hoher Papierstapel bedrohlich verschob.
»Da!«
»Was, da?«
»Der Clan zahlt die Prämie an einen Inspektor K. N. Seltsamerweise hat sich das N vom Labor bis hier herauf aber in ein M verwandelt. Kein besonders schwieriges Unterfangen, nicht wahr? Man braucht nur einen Strich mehr zu machen!«
Rübezahl nahm das Fotopapier in die linke Hand und die Rekonstruktion in die rechte. Lange starrte er auf die zwei Blätter. Schließlich legte er sie behutsam, fast sanft, zurück. Sein Gesicht wirkte plötzlich müde, übernächtigt und alt.
»Nöhlmann heißt Kurt mit Vornamen. Kurt Nöhlmann, Kriminalinspektor. Er steht kurz vor seiner Beförderung zum Oberinspektor.«
»Was weiß er über die geplante Aktion?«
»Er war vor zwei Minuten da und hat gesagt, er habe etwas läuten hören. Ich habe ihm allerdings nichts erzählt. Aber das hier ist noch kein Beweis.«
»Wer soll denn sonst das N in ein M umgewandelt haben, und warum?«

»Ja, ja, ja – ich gebe ja zu, es ist ein starkes Indiz, aber kein Beweis.«
Pepper wußte, wie sehr sich Kommissar Rübenach für seine Leute einsetzte, auch wenn er sonst als rauh, hart und unangenehm galt. Auf seine Männer ließ er jedoch nichts kommen.
»Wir können den Beweis selbst erbringen. Sagen Sie ihm, was wir vorhaben. Er muß seine Auftraggeber benachrichtigen, wenn er ihr Spitzel ist.«
Rübenach überlegte eine Weile. Er hatte seinen Kopf in die Hände gestützt und die Augen geschlossen. Schließlich stand er auf und sagte: »Gut, wir wollen's versuchen!« Er brüllte laut: »Nöhlmann!«
Der Inspektor kam Sekunden später aus dem Nebenzimmer. Er sah Pepper mißtrauisch an. »Sie waren doch schon weg!«
»Mir ist noch etwas eingefallen, aber jetzt muß ich mich wirklich auf den Weg machen!« Er ging nach einem kurzen Gruß hinaus.
Langsam schritt er den Korridor hinunter und stellte sich zwischen Aufzugschacht und Treppe in eine Nische. Er brauchte nicht lange zu warten, da kam Nöhlmann aus Rübenachs Zimmer. Er ging nicht besonders schnell. Erst als er die Treppe erreichte, begann er zu rennen. Pepper hatte Mühe, ihm unbemerkt zu folgen. Vor dem Portal des Polizeigebäudes sah sich Nöhlmann sichernd nach links und rechts um, dann überquerte er die Straße, ging rasch durch einen kleinen, angrenzenden Park und betrat auf der anderen Seite der Grünanlagen eine Telefonzelle. Pepper beobachtete, wie er Geld einwarf und wählte. Dann sah er, daß auch Rübenach dem Inspektor gefolgt war. Er näherte sich, geduckt hinter einer Reihe geparkter Autos, der Zelle. Nöhlmann schien Verbindung zu bekommen.
Als Pepper die Tür aufriß, sagte der Inspektor gerade: »Hier Nöhlmann, ich habe eine wichtige Nachricht...«
Rübenach zwängte sich an Pepper vorbei und schlug mit seiner kräftigen Pranke auf die Gabel.

»Was ... was ... was ... was ist?« stotterte Nöhlmann.
»Kollege Nöhlmann, ich muß Sie leider verhaften«, sagte Rübenach grimmig. »Doch wenn Sie den Schaden klein halten wollen, dann rufen Sie jetzt die gleiche Nummer noch einmal an und sagen Sie, ich hätte eine Razzia auf Greinachers Haus vor. Heute abend um 19.30 Uhr. Keinen Ton vom Club, verstanden!«
Nöhlmann wählte mit zitternden Fingern.
»Ja, hier noch einmal Nöhlmann, ich habe unterbrochen, weil ich einen Moment lang glaubte, beobachtet zu werden. War aber falscher Alarm. Also: Rübenach hat eine Razzia vor, heute abend, 19.30 Uhr, Haus Greinacher... Nichts zu danken! Auf Wiederhören!«
Er legte auf. Sein Gesicht war aschfahl, er war einem Zusammenbruch nahe. Rübenachs Gesicht dagegen war krebsrot vor Zorn, so daß Pepper schnell sagte: »Lassen Sie sich bloß zu nichts hinreißen, Rübenach!«
»Los, mitkommen!« bellte der Kommissar den Inspektor an. Als Nöhlmann aus der Telefonzelle trat, verpaßte ihm Rübenach ein Paar Handschellen und stieß ihn unsanft vor sich her, quer durch den Park.
»Jetzt habe ich bald achtundvierzig Stunden nicht geschlafen«, schimpfte er, »und dann so was.«
Plötzlich wandte er sich Pepper zu: »Wenn dieser Bergemaier etwas davon erfährt, breche ich Ihnen das Genick!«
»Passen Sie mal auf Ihr eigenes Genick auf«, erwiderte Pepper bissig. »Ein Kommissar, in dessen Abteilung...« aber er sprach nicht weiter. Statt dessen verließ er das ungleiche Paar an der Treppe, die zum Portal des Präsidiums hinaufführte.
Auch er spürte die Strapazen der letzten Tage und Nächte. Er hatte nur einen Wunsch, alle viere von sich zu strecken und Ruhe zu finden. Aber er wußte nur zu gut, daß er jetzt am Ball bleiben mußte. Die Versicherungen würden ihm die Prämie nur bezahlen, wenn er bis zum Schluß dran blieb.

Sechs Dunkelmänner im weißen Salon

Pits Herz klopfte bis zum Hals, als er am Sonntagnachmittag den Klub der Saleryaner betrat. Jean begrüßte ihn freundlich. »Du hast keine schlechte Figur gemacht, gestern.«
Pit strahlte dankbar. »Komme ich zu spät?« fragte er, obwohl er wußte, daß er eine Viertelstunde zu früh dran war.
»Nein, nein!«
»Ist ... ist irgend etwas vorgefallen?« fragte Pit.
»Was soll denn vorgefallen sein?«
»Nichts, ich dachte nur, ich weiß selbst nicht, warum...« Er unterbrach sich, weil er merkte, daß er die Situation mit jedem weiteren Wort nur noch verschlechtern konnte. »Tja, dann werde ich mich mal umziehen«, sagte er.
Auf dem Weg zu seiner Kammer spürte er die vielen Schlüssel in seiner Hosentasche. Er hatte sich vorgenommen, sie in einem unbewachten Augenblick an ihren Platz zurückzuhängen. Sorgsam packte er die Schlüssel in seine Uniform. Er kämmte sich umständlich die Haare, ehe er das gelbe Barett aufsetzte. Punkt 16.00 Uhr erschien er an seinem Platz neben der Tür. Die ersten zwei Stunden gab es überhaupt nichts zu tun. Kurz nach 18.00 Uhr rief ihn Jean zu sich.
Er ging zum Schlüsselkästchen und sagte: »Geh doch bitte mal in den Keller hinunter und hole eine Kiste Wein, und zwar den Oberderdinger Salzberg – das ist ein roter.«
Jean schloß das Kästchen auf.
Pit blieb fast das Herz stehen. Alle Schlüssel hingen ordentlich an ihrem Platz. Plötzlich fühlten sich die Schlüssel, die er in der Hosentasche hatte, bleischwer an.

Jean reichte ihm einen großen, leicht angerosteten Schlüssel und fügte hinzu: »Trödel aber nicht herum!«
Pit beeilte sich. Im Keller schaltete er das Licht an. Es war eine ziemlich schwache Birne. Er kramte die Schlüssel aus seiner Tasche, legte sie nebeneinander auf ein kleines, aufrecht stehendes Faß und suchte den, der dem Kellerschlüssel glich. Er hob die beiden Schlüssel gegen das Licht und verglich sie.
»Tja, zum Verwechseln ähnlich!« sagte eine rauhe Stimme, die Pit nur allzugut kannte. Plötzlich stand Dr. Greinacher vor ihm. »Wir dachten uns schon, daß du es warst gestern abend, aber völlig sicher waren wir uns nicht.«
»Aber jetzt besteht kein Zweifel mehr!« Das war die Stimme von J. B.
»Was soll mit ihm geschehen?« fragte Jean, der plötzlich auch im Keller stand, als ob er sich erkundigen wollte, ob die Herren lieber weißen oder roten Wein zu trinken wünschten.
»Schwer zu sagen«, meinte Greinacher. »Wir werden versuchen müssen, alles aus ihm herauszubekommen, was er weiß.«
»Und wie?« fragte J. B.
»Wie man es überall auf der Welt macht. Entweder redet er freiwillig, oder wir müssen nachhelfen.«
Pit schaute von einem zum andern. Sie sahen alle drei gleich entschlossen aus. Im Kopf des Jungen fuhren die Gedanken Karussell. Was sollte er tun? Daß es aus diesem düsteren Gewölbekeller kein Entrinnen gab, war ihm klar.

Jonny und Arnica hatten sich am Nachmittag getroffen. Sie waren unentschlossen, was sie tun sollten. Der Himmel war grau verhangen, ab und zu ging ein unangenehmer Schneeregen nieder. Fürs Kino hatten sie kein Geld. Pepper wollten sie nicht stören. Da lag es eigentlich nur nahe, daß sie sich zu einem Besuch bei Frau Scheringer entschlossen.
Die Alte freute sich. »Die Sonntage sind manchmal ziemlich trist für mich«, sagte sie.

Sie kochte Tee. Von der Küche her fragte sie: »Warum ist denn Pit nicht mitgekommen?«
»Der hat doch heute noch einmal Dienst bei den Saleryanern«, rief Jonny.
Plötzlich tauchte die Alte in der Küchentür auf. »Sag' das noch mal!«
»Aber warum, ich habe doch laut und deutlich gesprochen, oder?«
»Er ist tatsächlich wieder dorthin gegangen?«
»Ja, er hat Dienst.«
»Und wenn die ihn erkannt haben, heute nacht...?«
»Was sollen sie ihm schon tun?« meinte Arnica.
»Was sie ihm tun sollen? Ihr seid mir vielleicht naiv. Die Typen müssen doch davon ausgehen, daß Pit einiges weiß. Also werden sie es aus ihm herausholen, so oder so.«
Jonny fror plötzlich.
»Pepper hatte aber keine großen Einwände gehabt«, entgegnete Arnica.
Die Alte winkte ab. »Pepper, der hat zur Zeit so viel um die Ohren, daß er einfach nicht mehr alles unter einen Hut bringt. Dem ist der Fall tatsächlich über den Kopf gewachsen, wenn ich ihm das auch nie sagen würde.«
»Nur die Alte hat noch den totalen Durchblick«, spottete Jonny.
»Mach' dich nur lustig, aber es stimmt! Los, Tee können wir noch oft trinken. Wir fahren zu diesem Klub.«
»Da haben weder Frauen noch Kinder Zutritt!« bemerkte Arnica.
»Das wollen wir doch mal sehen!« Frau Scheringer schwang ihren Regenschirm wie einen Degen. »Wir nehmen ein Taxi«, bestimmte sie, als die drei auf die Straße hinaustraten.
Am Ende der Straße war ein Taxistand. Jonny pfiff auf den Fingern, und die Alte winkte mit dem Regenschirm. Aus den Augenwinkeln sah sie, daß Herr Sonnenschein sich mit einem

Kuß von seiner Frau verabschiedete und in den 500er Mercedes stieg.
»Der hat vermutlich das gleiche Ziel wie wir!« brummte sie. Dann gab sie dem Fahrer die Adresse an.
Vor dem Portal des Klubs verharrte Frau Scheringer keine Sekunde. Sie stieß die schwere Eichentür auf und marschierte, auf ihren Stockschirm gestützt, in die elegante Vorhalle wie ein General, der feindliches Territorium zu erobern gedenkt.
Jean kam ihr entgegen und fuchtelte mit den Armen. »Sie unterliegen einem Irrtum, gute Frau!«
»Das wird sich gleich herausstellen. Noch habe ich ja gar nichts gesagt«, zischte sie.
»Ich meine das anders. Sie dürfen das Haus nicht betreten.«
»So, warum nicht?«
»Weil der Klub der Saleryaner ein ausgesprochener Herrenklub ist.«
»So, so!« Sie klopfte mit dem Schirm herrisch auf den dicken, roten Teppichboden.
»Und die Kinder dürfen hier erst recht nicht herein!«
Die Stimme Jeans hatte nun an Schärfe zugenommen.
»Ach so? Und mein Enkel, der ist doch aber hier!«
»Ihr Enkel?«
Inzwischen hatten sich einige der Saleryaner neugierig aus dem Salon in die Vorhalle begeben und sahen der Szene amüsiert zu.
»Ja, Peter Küster. Er hat gesagt, er geht hierher!«
»Das ist etwas anderes, er ist als Aushilfe angestellt.«
»Ja, das weiß ich. Wo ist er?«
»Wo ... bitte? ... Wo er ist?« stammelte Jean unsicher.
Der ältere Herr, dem Pit am Vortag die Zeitungen besorgt hatte, sah Jean freundlich forschend an.
»Ja, Jean, die gleiche Frage wollte ich Ihnen auch schon stellen. Der Junge ist mir als besonders aufmerksam und liebenswürdig aufgefallen. Ich hätte gerne ein paar Sätze mit ihm gesprochen, aber seit einer Stunde scheint er verschwunden zu sein.«

»Verschwunden?« Frau Scheringer hatte das Wort als spitzen Schrei ausgestoßen. »Verschwunden – was soll das heißen?«
»Er … er muß einen Raum säubern.«
»Na, dann wollen wir mal nach ihm schauen.«
»Entschuldigen Sie bitte, aber haben Sie ihn nicht in den Keller geschickt?« fragte ein anderer Herr. »Ich meine mich zu erinnern, daß Sie ihn beauftragt haben, eine Kiste Oberderdinger Salzberg zu holen.«
Jean begann zu schwitzen. »Das war bereits vor einer Stunde, Herr Professor Steinbach.«
»Ich hätte nämlich gerne ein Viertel Wein getrunken«, entgegnete Steinbach.
»Gerne, ich lasse Ihnen den Wein sofort bringen.«
»Es ist aber kein Oberderdinger Salzberg mehr da!« erklärte der Professor. »Ich habe den Getränkekellner bereits gefragt.«
»Wo ist mein Enkel?« rief Frau Scheringer.
»Ja, wo ist Pit?« meldete sich jetzt auch Arnica. »Ich glaube, der Mann da hat ihn in den Keller gesperrt.«
»Unmöglich«, meinte Steinbach.
»Was redest du denn für einen Unsinn!« fuhr Jean das Mädchen an.
Plötzlich tauchte Greinacher auf. »Was ist das eigentlich für ein Aufstand hier, Jean? Und was sucht die Frau in unseren Räumen? Und diese Kinder?«
»Ich suche meinen Enkel, Peter Küster«, antwortete die Alte und reckte sich. »Sieht ganz so aus, als ob er hier nicht in besonders guter Gesellschaft wäre!«
»Also das ist doch…!« Jean hatte jetzt einen puterroten Kopf.
»Eine unsinnige Bemerkung«, Greinacher schüttelte den Kopf und wandte sich an Jean: »Nun schaffen Sie doch endlich die Leute aus dem Haus!«
»Fassen Sie mich ja nicht an!« keifte die Alte.
»Frau Scheringer!« Die wohlklingende Stimme kam von der Eingangstür her. »Wie haben Sie sich denn hierher verirrt?«

»Ach, Herr Sonnenschein. Vielleicht können Sie mir helfen. Mein Enkel Peter ist hier irgendwo im Hause, aber man sagt uns nicht wo. Ich muß aber unbedingt mit ihm sprechen.«
»Im Keller eingesperrt ist er!« rief Jonny.
Jean sah gehetzt von einem zum andern. »Bin ich denn hier in einem Irrenhaus?«
Sonnenschein trat zwischen Jean und Frau Scheringer. »Wenn der Junge hier arbeitet, dann lassen Sie ihn doch...«
Greinacher unterbrach ihn. »Herr Direktor Sonnenschein, Sie waren leider gestern nicht da, ich muß dringend ein paar Details mit Ihnen besprechen.«
»Aber Sie haben sich doch heute morgen schon gesehen!« rief jetzt Jonny dazwischen.
Beide Männer fuhren irritiert herum. »Woher weißt du das?« fragte Greinacher.
»Ich habe Sie doch gesehen. Im Gemeindehaus beim Bauausschuß. Ich habe doch die Scheibe ... mit dem Schneeball ... wissen Sie das nicht mehr?«
»Ach ja, du warst das also!« Greinacher schien aufzuatmen.
»Aber heute morgen ging es um die Neubauten der Gemeinde St. Marcus, gestern nachmittag ging es um völlig andere Dinge!«
Sonnenschein schien begriffen zu haben. Er folgte Greinacher in den Salon.
»Würden Sie jetzt bitte unser Haus verlassen!« sagte Jean zu Frau Scheringer. »Sie bringen eine ungeheure Unruhe hier herein.«
»Holen Sie doch den Jungen!« ergriff nun der alte Herr das Wort.
»Vielleicht ist er ja wirklich im Keller. Und wenn Sie ihn holen, dann bringen Sie doch bitte ein Fläschchen von dem Oberderdinger Salzberg mit!« ergänzte Professor Steinbach.
Jean ging widerstrebend auf eine weiße Steintreppe zu, die ins Untergeschoß führte.

»Das war sehr nett von Ihnen«, bedankte sich die Alte bei den beiden Herren, die ihr zu Hilfe gekommen waren.
Es dauerte nicht lange, da tauchte Pit, begleitet von Jean, auf der Treppe auf. Jean sagte: »Sie können das Früchtchen sofort mitnehmen. Er hat sich Schlüssel zu allen Räumen beschafft. Außerdem hat er versucht, uns zu bestehlen. Im Grunde ist es ein Glück, daß Sie gekommen sind, um ihn zu suchen. Wer weiß, was sonst noch geschehen wäre!«
Pit nickte wie zur Bestätigung. »Nicht auszudenken!« sagte er und rannte auf seine kleine Kammer zu.
Professor Steinbach fuhr Jean an: »Was ist jetzt mit meinem Wein?«
Und der alte Herr rief: »Daß der Junge unehrlich sein soll, glaube ich nicht. Er wollte mir gestern das Wechselgeld auf den Pfennig genau zurückgeben!«
Jean zuckte nur mit den Achseln, als ob er sagen wollte: ›Die alten Trottel muß man reden lassen!‹ Dann ging er noch einmal in den Keller hinunter.
Pit erschien in seinen Kleidern unter der Tür zur Kammer. Die Mitglieder des Klubs hatten sich nacheinander wieder in den Salon begeben. Nur Steinbach stand noch in der Mitte der Vorhalle. Er sah Pit aufmerksam an.
»Was war denn los da unten?« fragte er Pit besorgt.
»Ich weiß nicht«, antwortete Pit ausweichend, »plötzlich war ich eingesperrt.«
»Seltsam, seltsam«, brummte Steinbach, »in diesem Haus geschehen neuerdings wirklich groteske Dinge!« Dann ging er ebenfalls in den großen Salon zurück.
»Jetzt aber nichts wie weg hier«, zischte Jonny.
Sie gingen rasch zur Tür. Pit machte sie gerade auf, als Jean wieder aus dem Keller kam.
»Das wird Folgen haben!« rief er dem Quartett nach.
»Das denke ich auch!« giftete Frau Scheringer zurück.
Sie traten hinaus auf den Bürgersteig und ließen die schwere

Eichentür hinter sich zufallen. Frau Scheringer atmete tief die kalte Winterluft ein.
»Jetzt gehen wir erst einmal ins Café und genehmigen uns ein großes Stück Torte und einen guten Kaffee!« meinte Frau Scheringer.
Sie gingen in das Café auf der anderen Straßenseite. Als sie gemütlich bei Kaffee und Kuchen saßen, erzählte Pit, was geschehen war.
Greinacher hatte ihm angedroht, er werde gefoltert, bis er sage, wer ihn geschickt habe. Doch zuerst hätten sie ihn nur eingesperrt. Er habe aber jeden Augenblick damit gerechnet, daß irgendein Folterknecht kommen und ihm zusetzen würde. Die Erleichterung war dem großen, ernsten Jungen anzusehen. Trotzdem schaffte er drei Stück Torte.
Arnica hatte inzwischen Pepper und Rübenach angerufen und berichtet, was geschehen war. Rübenach hatte gesagt: »Gut, daß der Junge da raus ist. Der Countdown läuft!«

»Die Schlinge zieht sich zu, ohne daß die es merken!« Zum ersten Mal seit Tagen huschte ein Lächeln über Rübezahls Gesicht, wenn es auch reichlich grimmig ausfiel.
Pepper, der auf dem Beifahrersitz neben Kommissar Rübenach saß, entgegnete: »Ich kann mir nicht denken, daß die so ahnungslos in Ihre Falle gehen.«
»Warum nicht? Das sind Männer, die immer nur gewohnt sind, daß es nach ihrem Kopf geht. Die halten sich doch für ungefährdet, ja für unschlagbar!«
Der Kommissar griff nach dem Mikrofon seines Sprechfunkgerätes am Armaturenbrett: »Hier K 1, hier K 1, sind alle besprochenen Maßnahmen durchgeführt? K 2, bitte melden! K 2, bitte melden!«
Der Lautsprecher knackte. Dann hörte man eine verzerrt klingende Stimme: »Hier K 2, hier K 2. Das Haus der Saleryaner ist wie besprochen umstellt, alle Ausgänge sind besetzt!«

»Danke!« erwiderte Kommissar Rübenach und hängte das Mikrofon wieder in die Halterung zurück. Er sah zu Pepper hinüber. »Bekommen Sie da nicht Lust, wieder bei uns mitzumachen?«

Pepper lachte. »Ich werde im Mai 59 Jahre alt, und als Polizist kann man sich bereits mit 58 Jahren pensionieren lassen. Außerdem würden Sie doch alles unternehmen, damit ich nicht wieder aufgenommen würde.«

»Stimmt«, entgegnete Rübenach, »stimmt ganz genau!«

»Warum eigentlich?«

»Vielleicht weil Sie mir außerhalb der Polizei mehr nutzen. Sie haben uns diesen Grüner frei Haus geliefert, dazu den Albert und jetzt sogar noch Nöhlmann, unser schwarzes Schaf. Ich sitze wie die Spinne im Netz und warte nur, bis Sie mir die Opfer hereintreiben.«

Pepper sah den Kommissar von der Seite an. »Das macht Sie sonst aber ganz schön wütend!«

»Bin ich ja auch. Was meinen Sie, was der Polizeipräsident morgen sagt, wenn ich ihm bei der Montagsbesprechung meinen Bericht vorlegen muß!«

»Ich bekomme gleich Mitleid!« brummte Pepper.

»Wir sind übrigens gleich da. Dort – das ist die Mauer, die den Hinterhof begrenzt. Sehen Sie die Eisentür? Da ist der kleine Albert rein und unser Pit raus.«

Rübenach ließ den zivilen Polizeiwagen am Bordstein ausrollen. Die Seitenstraße war noch immer nicht geräumt worden. Der Schneematsch reichte bis weit über die Knöchel.

»Pfui Teufel«, brummte Rübenach, »Verbrecher sollte man bloß bei schönem Wetter jagen.«

Pepper war bereits bei der Eisentür. Sie war verschlossen. »Schauen Sie mal weg, Herr Kommissar!« rief Pepper und holte einen Dietrich aus der Innentasche seiner Parka.

Er brauchte keine halbe Minute, um das Bolzenschloß zu knacken.

Die Dämmerung ging gerade in die Nacht über, als die beiden Männer den Hinterhof betraten. Rübenach zog ein Sprechfunkgerät aus der Tasche, schaltete es ein und hielt es dicht an seine Lippen: »An alle! An alle! Operation beginnt! Ich wiederhole, Operation beginnt!«
Langsam gingen Pepper und Rübenach Schulter an Schulter auf die dunkle Rückfront des Hauses zu.

Das war der Augenblick, als Frau Scheringer, Pit, Jonny und Arnica das Café verließen. Pits geschultem Auge fielen sofort die Männer rund um das Haus der Saleryaner auf. Sie benahmen sich so gekonnt unauffällig, daß es schon wieder eklatant war.
»Nehmen wir wieder ein Taxi oder die Straßenbahn?« fragte Frau Scheringer.
»Also ich würde gerne noch ein paar Minuten hierbleiben«, erwiderte Pit. »Dort drüben passiert gleich etwas ganz Entscheidendes.«

Pepper stieß die Souterraintür auf. Auch dazu hatte er zuvor einen Dietrich einsetzen müssen. Der Raum wirkte dunkel und feucht. Durch eine Milchglasscheibe an einer schmalen Tür gegenüber fiel ein leichter Lichtschimmer. Rübezahl stolperte über etwas und stieß einen langen Fluch aus. Pepper zog eine kleine Taschenlampe hervor und leuchtete. Rübezahl war über eine aufgestellte Falltür gestolpert, die zu einem weiteren Untergeschoß zu führen schien.
»Ein Glück, daß Sie nicht von der anderen Seite gekommen sind«, flüsterte Pepper. »Sie hätten glatt da hinunterfallen können.«
»Ihnen wäre es ja nur recht gewesen!« knurrte der Kommissar und riß die Tür zum Treppenhaus viel zu laut auf.
Eine Wendeltreppe führte nach oben. Im Hochparterre kam sie in einem wenig benutzten Seitengang heraus. Pepper deutete

mit dem Daumen auf eine Tapetentür. Er schlich bis zu der Tür, legte ein Ohr an und nickte Rübenach zu.
Der Kommissar hörte jetzt ebenfalls die Stimmen hinter der Tür. Plötzlich richtete sich Pepper auf und zog beide Augenbrauen hoch, so daß sie wie zwei steile Dächer aussahen.
»Hier stimmt etwas nicht«, zischte er.
»Was soll denn nicht stimmen?«
»Ich weiß nicht, aber ich spür's. Da ist etwas nicht in Ordnung!«
»Ach was!« sagte Rübenach nun laut und vernehmlich.
Er hob seinen rechten Fuß und trat die zerbrechliche Tapetentür ein. Mit einem Satz war er in dem Raum – es war der blaue Salon.
»Keine falsche Bewegung, jeder bleibt an seinem Platz. Polizei!« schrie er.
Aber der Raum war leer. Auf dem ovalen Tisch stand ein Kassettenrekorder, aus dem das Stimmengemurmel kam. Auf der anderen Seite öffnete sich die Flügeltür zum großen Salon. Jean erschien auf der Schwelle.
»Erlauben Sie mal, wer sind Sie?« rief er entsetzt.
»Polizei, Kommissar Rübenach. Wo sind die sechs?«
»Welche sechs?«
»Sie wissen genau, wen ich meine: Greinacher, Bächler, Hunger und wie sie alle heißen.«
»Sonnenschein nicht zu vergessen!« ergänzte Pepper mit einem feinen Lächeln.
»Die Herren sind nicht hier«, antwortete Jean.
»Das sehe ich selbst«, brüllte Rübenach. »Ich will wissen, *wo* sie sind.«
Jean breitete die Arme aus. »Tja, wenn ich das wüßte!«
Pepper packte plötzlich Rübenach am Arm. »Die Falltür!«
»Was wollen Sie schon wieder?« fuhr der Kommissar auf, doch im gleichen Augenblick begriff er, was Pepper gemeint hatte.
»Verdammt und zugenäht«, entfuhr es ihm.
Sofort machte er auf dem Absatz kehrt und sprang durch die

beschädigte Tapetentür hinaus. Pepper hätte er dabei um ein Haar umgerannt. Der Detektiv blieb noch einen Augenblick stehen und warf einen Blick auf Jean. Dessen Lächeln konnte man kaum mißdeuten. Es war amüsiert, überlegen, ja spöttisch und voller Schadenfreude.

Pepper kniff die Augen zusammen und schob den Kopf ein wenig vor. »Sie sind bestimmt einer der nächsten, den ich der Spinne ins Netz treibe!«

»Wie bitte?« fragte Jean.

»Das verstehen Sie dann, wenn's soweit ist!«

Pepper folgte Rübenach.

Frau Scheringer und die drei Kinder hatten sich in das Wartehäuschen der Straßenbahnhaltestelle zurückgezogen und beobachteten das Haus der Saleryaner. Plötzlich krallten sich Jonnys Finger um Pits Arm. »Dort, sieh doch!«

»Was ist denn?« fragte Pit unwillig.

»Dort, bei der Tankstelle!«

»Na und, was soll dabei sein? Die Tür der Auto-Waschstraße geht auf!« erwiderte Pit.

»Nun, zum einen ist es Sonntag«, meinte die Alte, die Jonnys Blick gefolgt war, »und zum andern sitzen in dem Auto, das aus der Waschstraße kommt, ein paar Männer!«

»Seht doch, da kommt noch ein zweiter Wagen«, rief Arnica.

»Das sind die sechs!« sagte Jonny fast tonlos.

»Jetzt müßte die Polizei aber eingreifen!«

Doch die in Zivil gekleideten Polizisten, die das Haus der Saleryaner umstellten, rührten sich nicht.

Die beiden Autos – schwere, amerikanische Wagen – rollten durch die Tankstelle auf die Straße zu. Frau Scheringer reagierte am schnellsten.

»Ein Taxi! Pit und ich folgen den Autos, Arnica und Jonny bleiben hier, um Rübenach und Pepper Bescheid zu geben!«

Pit hatte schon durch die Finger gepfiffen. Ein Taxi rollte her-

an. Viel behender, als man es der alten Dame zugetraut hätte, schwang sich Frau Scheringer auf den Rücksitz. Pit kletterte auf den Beifahrersitz.
»Ab die Post!« rief Frau Scheringer dem Fahrer zu. »Was ist?« fragte der.
»Keine langen Fragen, wir sind ein paar Verbrechern auf der Spur!«
Der Fahrer lachte schallend. »Da spielt ihr aber ein tolles Spiel, Oma und Enkel. Welche Verbrecher sollen es denn sein?«
Frau Scheringer wußte sich nicht anders zu helfen, sie kramte aus ihrer abgewetzten Handtasche, die einmal mit Perlen bestickt gewesen war, einen Fünfzigmarkschein und warf ihn dem Fahrer in den Schoß.
»So«, herrschte sie ihn an, »und solange das Geld reicht, fahren Sie jetzt, wie ich es will, verstanden?«
Sie hatte das so energisch gesagt, daß der Chauffeur fast automatisch den ersten Gang einlegte und losfuhr.
»Dem da vorne nach!« sagte Pit.
»Und jetzt rufen Sie Ihre Zentrale an«, kommandierte Frau Scheringer von hinten, »wir brauchen eine Verbindung zur Polizei.«
»Ich werde mich lächerlich machen!« entgegnete der Fahrer.
»Sie tun, was ich sage. Wenn nicht alles stimmt, wie wir es behaupten, bekommen Sie nachher noch einen Hundertmarkschein extra!«
»Der Kunde ist König, was soll's«, brummte der Fahrer und griff nach dem Mikrofon.
Die Taxizentrale stellte eine Verbindung zur Kriminalpolizei her. Es gab ein ziemliches Hin und Her, aber schließlich hatten sie über mehrere Schaltstationen einen Kontakt zum Kommissar vom Dienst. Der ließ sie wissen, daß sie soeben erfahren hätten, im Klub der Saleryaner habe die Razzia nichts gebracht.
»Dann richten Sie aus, wir seien den betreffenden Personen auf der Spur!« ließ Frau Scheringer den Taxifahrer sagen, der

plötzlich aufrechter vor seinem Steuer saß, die Ledermütze tiefer in die Stirn zog und ein ernstes Gesicht machte.
»Also, ich hab' ja schon viel erlebt«, meinte er, »aber das ... also das ... also ... ich muß sagen, da fehlen mir die Worte!«
»Immer dranbleiben!« kommandierte die Alte. »Die biegen dort vorne ab!«
»Ich bin ja nicht blind«, murrte der Chauffeur und setzte den Blinker.

Jonny war, kaum daß das Taxi mit Frau Scheringer und Pit davongebraust war, auf einen der auffällig unauffälligen Männer zugegangen und hatte gesagt: »Sind Sie Polizist?«
»Wer will das wissen?« fragte der Mann, auf dessen Hutkrempe fingerdick der Schnee lag.
»Ich suche Kommissar Rübenach. Ich weiß, daß er da drin bei den Saleryanern ist. Aber die Männer, die er sucht, sind gerade weggefahren.«
Pepper und Rübezahl waren gerade die steile Treppe, die von der Falltür im Souterrain in die Tiefe führte, hinuntergestiegen, als das Sprechgerät piepste.
Ärgerlich knurrte Rübezahl: »Was ist denn jetzt schon wieder?« Er riß das Gerät aus seiner Manteltasche.
»Ja?« bellte er hinein.
»Da ist ein Junge, Johannes Bergemaier. Er sagt, er habe die Zielpersonen gerade wegfahren sehen!«
»Wo ist er?«
»Hier bei mir!«
»Was heißt bei mir?« brüllte Rübenach, »ich will eine exakte Ortsangabe, verdammt noch mal!«
»Die hätte ich gerade durchgegeben, wenn Sie mich nicht unterbrochen..., also, ich stehe bei der Tankstelle Ecke Borner- und Kantstraße.«
»Wir sind sofort da!«
Pepper und Rübenach eilten die Treppe hinauf. Keine Sekunde

zu früh, denn in diesem Augenblick betrat Jean gerade den Kellerraum, ging auf Zehenspitzen zu der Falltür und wollte sie zuknallen. Pepper fing die herabfallende Tür auf, schlug sie mit einem Krach zurück und war blitzartig auch schon oben. Er fragte nicht lange. Seine Nerven waren in diesen Tagen zu stark strapaziert worden. Ruhiges Überlegen war jetzt nicht mehr seine Stärke. Seine rechte Faust krachte so heftig gegen das Kinn Jeans, daß der in die Knie sank und vornüber fiel.

»Lassen Sie das, Pepper!« rief Rübenach, der jetzt auch durch die Luke stieg. »Das war unbesonnen!«

»Mann, Sie haben es nötig!« stöhnte Pepper.

Sie stiegen über Jean hinweg und rannten zu der Tür, die in den Hof führte. Eine Minute später standen sie Arnica und Jonny gegenüber.

»Die Alte und Pit sind den sechs Männern gefolgt«, sprudelte Jonny hervor.

»Womit?« fragte Pepper.

»Mit einem Taxi!« erwiderte Arnica.

Und Jonny ergänzte stolz: »Taxi Nummer 443!«

»Donnerwetter!« entfuhr es Rübenach.

Der Polizist in Zivil machte nun seine Meldung: »Der Taxifahrer hat Kontakt zum Kommissar vom Dienst aufgenommen. Im Augenblick fahren die beiden Wagen mit den gesuchten Männern Richtung Unterrheinach, das Taxi hängt dran, aber wir haben bereits Einsatzwagen unterwegs.«

»Kommen Sie!« rief Rübenach Pepper zu.

»Und wir?« fragte Jonny.

»Mitkommen!« sagte Rübenach knapp. »Es ist besser, ich habe euch unter Kontrolle!«

Die Taxiuhr sprang auf fünfunddreißig Mark.

»Das wird teuer!« bemerkte der Fahrer. In diesem Augenblick meldete sich die Taxizentrale: »Wagen 443, in wenigen Minuten übernehmen Polizeifahrzeuge die Verfolgung!«

»Auch gut«, antwortete der Fahrer.
»Wir bleiben trotzdem dran!« entschied die Alte resolut.
»Sagen Sie mal«, der Fahrer wandte den Kopf zu ihr, »wäre es sehr unhöflich, wenn ich Sie fragen würde, wie alt Sie sind?«
»Unhöflich war es bis vor zwanzig Jahren, aber ... na ja, ich bin einundachtzig, und deshalb nennen mich alle auch nur ›Die Alte‹. Wenn Sie wollen, können Sie ebenfalls so zu mir sagen!«
»Ne, also ne, das bringe ich nicht über mich!« Der Fahrer sah wieder nach vorne. »Jetzt hauen die Ganoven in den Wald ab!«
Tatsächlich waren die beiden amerikanischen Wagen nach rechts in einen Waldweg eingebogen.
»Folgen Sie ihnen!« befahl Frau Scheringer.
Der Fahrer gehorchte und lenkte sein Fahrzeug ebenfalls in den Waldweg. Die Rücklichter des zweiten amerikanischen Autos verschwanden zwischen den Bäumen. Der Taxichauffeur gab über Funk durch: »Die beiden Fahrzeuge sind kurz nach Kilometer einundvierzig links in einen Waldweg eingebogen.«
Dann sagte er: »Ich werde lieber mal langsam tun!«
»Warum?« wollte Frau Scheringer wissen.
»Wenn die merken, daß sie verfolgt werden, und wenn das wirklich so gefährliche Gangster sind, schießen die vielleicht sogar noch auf uns.«
»Die schießen nicht!« erwiderte die Alte. »Die *lassen* schießen!«
»Können Sie mir das garantieren?«
»Nein, das nun gerade nicht.«
»Also!« entgegnete der Fahrer und fuhr in eine kleine Ausbuchtung unter tief verschneiten jungen Tannen.
Im gleichen Augenblick erschienen hinter ihnen zwei Lichter. Sekunden später hielt Rübenachs Wagen neben ihnen. Jonny und Arnica sprangen heraus und kamen zu dem Taxi, während Rübenachs ziviler Dienstwagen schon wieder startete.
»Wir sollen vorsichtig folgen«, sagte Jonny, als er sich neben Frau Scheringer in die Polster fallen ließ.

Arnica, die von der anderen Seite einstieg, sagte zu dem Taxifahrer: »Ich soll Ihnen sagen, alle Kosten ersetzt die Polizei!«
»Ausgezeichnet!« Der Fahrer gab Gas.

»Die sind sechs, und wir sind zwei«, bemerkte Pepper.
»Aber ich habe eine Mordswut im Bauch, da bin ich so gut wie sechs von denen«, gab Rübenach grimmig zurück.
»Ich würde die Lichter ausschalten!«
»Dann fahre ich doch auf den nächsten Baum!«
»Nicht, wenn Schnee liegt. Der Weg ist bestimmt gut zu sehen, sobald sich unsere Augen an die Lichtverhältnisse gewöhnt haben.«
Rübenach antwortete etwas, was der Detektiv nicht verstand, aber es klang nicht sehr freundlich. Immerhin machte der Kommissar die Scheinwerfer aus, verlangsamte die Geschwindigkeit und beschleunigte sehr behutsam wieder, als der Waldweg wie ein weißes Band zwischen den dunklen Tannen hervorzutreten begann.
Sie fuhren etwa fünf Minuten lang, ohne daß einer der beiden Männer etwas sprach. Plötzlich sagte Pepper scharf: »Halt!«
Rübenach bremste unwillkürlich. »Was ist?«
»Sehen Sie das Licht dort auf der Anhöhe? Das muß ein Haus sein. Wenn wir nicht wollen, daß sie uns kommen hören, sollten wir den Rest zu Fuß hinter uns bringen!«
»Da braucht man ja Skier oder zumindest dicke Fellstiefel!«
»Tja, der Beruf ist hart«, antwortete Pepper. »Also, wollen wir's packen?«
Rübenach stellte den Motor ab und stieg aus. Das Taxi erschien hinter ihnen. Pepper rannte ihm entgegen und wedelte mit den Armen. Der Fahrer verstand sofort und machte ebenfalls seine Scheinwerfer aus.
Pepper erklärte den fünf Taxiinsassen, was sie vorhatten.
»Kann ich mitkommen?« fragte der Fahrer, »vielleicht kann ich nützlich sein.«

Pepper wog den Kopf hin und her. »Lieber nicht.«
»Und ich?« riefen Pit und Jonny wie aus einem Mund.
»Ihr bleibt auch hier!«
»Dann läuft die Taxiuhr aber weiter!« rief der Chauffeur.
»Natürlich!« gab Pepper zurück.
Rübenach gab inzwischen über Funk alle notwendigen Anweisungen durch. Seine Kollegen sollten das Gelände weiträumig umstellen und nichts unternehmen, bevor sie nicht neue Anweisungen bekamen. Aus dem Handschuhfach nahm Rübenach eine Pistole und schob sie in sein Schulterhalfter.
»Ich habe leider nur eine mit«, meinte Rübenach. Pepper klopfte auf seinen Mantel. »Ich bin bewaffnet.«
Der Weg war beschwerlich. Es ging zunehmend steiler bergauf. Der Schnee war naß und deshalb schwer. Zudem hatte der Kommissar Halbschuhe an, die sich bald mit Matsch füllten. Auf der ganzen Strecke schimpfte er leise vor sich hin.
Nach etwa einer halben Stunde erreichten sie die Anhöhe. Auf der Kuppe stand eine stattliche Blockhütte, dahinter ragte eine alte Scheune auf.
»Würde mich nicht wundern, wenn da auch noch Autos drin wären«, sagte Pepper.
Rübenach gab jetzt seinen Kollegen Anweisungen durch das Sprechfunkgerät. Der Ring um das Anwesen auf der Höhe sollte nach und nach enger gezogen werden.
»Herankommen bis auf zirka dreißig Meter!« befahl Rübenach. »Wir haben es immerhin mit sechs Mann zu tun, und ich habe nur *ein* Paar Handschellen mit!«
Man hörte ein paar der Kollegen lachen. Sie mußten also schon ziemlich nahe sein.
»Ruhe!« brüllte Rübenach in sein Gerät. »Ich will keinen Ton mehr hören!«
Pepper und Rübenach näherten sich Meter um Meter. Die Fensterläden des Blockhauses waren verschlossen, aber durch die Ritzen schimmerte Licht. Dicht nebeneinander erreichten der

Detektiv und der Kommissar das Gebäude. Sie legten ihre Ohren an einen der Läden.
»... nie daran gedacht, das Geld nicht auszuzahlen!« hörten sie jetzt eine sonore Männerstimme.
»Das ist Sonnenschein!« flüsterte Pepper.
Die gleiche Stimme fuhr nun fort: »Sie haben mich zum Schatzmeister gewählt, und ich war stets bemüht, alles nach bestem Wissen und Gewissen aus- und abzurechnen!«
»Bestes Gewissen, daß ich nicht lache!« zischte Rübenach.
Sonnenschein redete weiter. »Daß mir ein Aktenordner abhanden gekommen ist, habe ich bereits mitgeteilt. Der Himmel mag wissen, wo dieser Ordner ist!«
Rübenach kicherte. »Bei mir, mein Lieber, bei mir!«
»Ein Glück, daß Nöhlmann uns noch warnen konnte. Er hat das sehr kaltblütig gemacht«, sagte jetzt ein anderer Mann.
»Sein Chef muß neben ihm gestanden haben. Aber unser Code für höchste Gefahr hat funktioniert. Jean ließ mich über Autotelefon wissen, daß dieser Rübenach in Begleitung von Pepper im Klub aufgetaucht ist.«
»Wir sollten damit aufhören, uns selbst auf die Schultern zu schlagen. Ich will mein Geld, und dann ist erst einmal Schluß. Und zwar bitte ich, die Auszahlung nun sofort abzuwickeln. Ich habe nicht beliebig Zeit!«
»Wer war das?« fragte Rübenach.
»Weiß ich nicht«, gab Pepper ebenso leise zurück.
»Gut«, hörte man nun wieder die sonore Stimme Sonnenscheins, »ich habe Taschen vorbereitet. Darf ich einmal den Koffer dort haben. Wir konnten ja das Italiengeschäft noch abwickeln. Die Verluste haben sich in Grenzen gehalten. Jeder von uns erhält diesmal weit über 60000 Mark, und wenn ich nicht falsch addiert habe, summieren sich unsere Einkünfte in diesem Jahr aus unseren Exporten auf jeweils 1,8 Millionen Deutsche Mark. Ein glänzendes Geschäft, meine Herren, steuerfrei und ohne sonstige Abgaben.«

»Ich kann das Eigenlob nicht mehr hören!« rief der Mann, dessen Stimme Pepper nicht kannte.
»Ich nehme an, daß jeder wieder einen Obolus nach Belieben für Jean abgibt«, sagte Greinacher.
Ein allgemeines Stimmengemurmel antwortete.
»Jetzt wäre ein guter Tropfen nicht unangenehm«, rief Sonnenschein.
Man hörte, wie eine Flasche entkorkt wurde.
Rübenach trat zwei Schritte zurück und sprach leise in sein Sprechfunkgerät: »Alle Mann vorrücken!«
Pepper hörte hinter sich das Knirschen des Schnees. Da und dort brach ein Zweig unter den Tritten der vorrückenden Polizisten.
Rübenach trat an die Tür des Blockhauses und klopfte.
»Ist da jemand?« fragte Sonnenschein von innen.
»Nicht irgend jemand«, rief Rübenach, »hier spricht die Polizei!«
Ein Polizist trat neben den Kommissar und reichte ihm ein Megaphon.
»Hat der das Ding doch tatsächlich bis hier herauf geschleppt!« sagte Pepper kopfschüttelnd.
Jetzt hallte die Stimme Rübenachs aus dem Megaphon so laut durch den Wald, daß auch Frau Scheringer, der Taxifahrer und die Kinder jedes Wort verstehen konnten.
»Hier spricht die Polizei! Kommen Sie heraus – einzeln und mit erhobenen Händen!«
Die Tür ging auf. Sonnenschein erschien in dem rechteckigen Lichtfeld. »Soll das ein Scherz sein?« fragte er.
»Für Scherze habe ich viel zu nasse Füße!« knurrte Rübenach und drängte den Direktor in die Hütte zurück. Der Kommissar hielt seine Dienstpistole in der Hand und entsicherte sie, als er über die Türschwelle trat. Pepper folgte. Er hatte ebenfalls seinen Revolver gezogen.
Keiner der sechs Herren machte Anstalten, sich zu wehren.

Plötzlich wirkten sie hilflos. Erstaunt schauten sie, wie sich der Raum mit Beamten der Kripo und der Schutzpolizei füllte.
»Alles durchsuchen, auch die Nebengebäude!« befahl Rübenach.
Sechs Paar Handschellen klickten um sechs Armpaare.
»Sie werden sich dafür verantworten müssen«, sagte Greinacher, aber es klang nicht sehr selbstbewußt.
»Nichts lieber als das!« entgegnete Rübenach mit einem grimmigen Lächeln, »obwohl dieser Herr eigentlich dafür verantwortlich ist, daß wir Sie endlich dingfest machen können!« Dabei deutete er auf Pepper, der müde am Türbalken lehnte.

Kleines Nachspiel – Ein Walzer mit dem Kommissar

In der Scheune fand man siebzehn ausgesucht schöne Sportwagen, die für einen Sondertransport nach Saudi-Arabien vorgesehen waren. Außerdem entdeckten die Polizisten die Unterlagen, die in dem Kleintransporter aus dem EXIM-Gebäude weggeschafft worden waren. Sie lagen fein säuberlich geordnet in einem hübsch bemalten Bauernschrank, der das Kaminzimmer des Blockhauses zierte. Die Akten gaben über alle Machenschaften der sechs Dunkelmänner Auskunft. Tatsächlich fanden sich auch Beweise für zahlreiche andere Delikte außer Autodiebstahl. Die Organisation hatte einen regelrechten Warenpendelverkehr zwischen den Ländern des Vorderen Orients und der Bundesrepublik aufgezogen.

Es dauerte drei Monate, bis alle Ermittlungen abgeschlossen waren und Anklage erhoben werden konnte.

Und so lange mußte Paul Pepper auch warten, bis die Versicherungen bereit waren, eine Prämie zu bezahlen. Er bekam insgesamt 85 000 Mark – wenig, wenn man bedenkt, welche Schadensfälle mit seiner Hilfe als Betrug aufgedeckt werden konnten, aber für ihn war es dennoch viel Geld. Entsprechend fiel auch das Fest aus, das im wieder hergerichteten Salonwagen stattfand.

Pit, Arnica und Jonny hatten Peppers Behausung geschmückt. Frau Scheringer hatte nach einem Geheimrezept Punsch ohne Alkohol hergestellt, der trotzdem alle Anwesenden in einen Zustand beschwingter Fröhlichkeit zu versetzen schien.

Selbst Kommissar Rübenach strahlte über das ganze Gesicht und sang sogar – zwar falsch, aber herzlich – mit, als Pepper nach seiner Gitarre griff und alte Seemannslieder anstimmte. Herr Bergemaier, der mit einer Artikelfolge über die Aufklärung der Verbrechen des Clans Furore gemacht hatte, saß mit seiner Frau auf der Ledercouch, die schon 1890 in dem Salonwagen mitgefahren war und auf der bereits einmal der deutsche Kaiser Platz genommen haben sollte. Zumindest glaubte Frau Scheringer fest daran.

Weil es Samstag war, konnten auch Pit, Arnica und Jonny bis tief in die Nacht mitfeiern.

Als es Mitternacht schlug, hob Rübenach sein Punschglas und sagte zu Pepper: »Wir sind zwei alte Haudegen, was? Wir schlagen und vertragen uns, vielleicht sollten wir ›du‹ zueinander sagen!«

Pepper schüttelte den massigen grauen Kopf. »Lieber nicht, denn heute vertragen wir uns, aber morgen schlagen wir uns schon wieder – wahrscheinlich!«

Die anderen Anwesenden ließen ein tief enttäuschtes »Oooooohhhhh!« hören, aber Pepper winkte ab.

»Du Esel sagt sich nun eben mal viel schneller, als Sie Esel!«

Rübenach nickte. »Er hat recht, ich muß sagen, Paul Pepper, Sie Esel, haben wieder einmal recht!«

»Tja, Rübezahl, was soll ich dazu sagen!« gab Pepper lachend zurück.
»Nichts, denn wenn Sie nichts sagen, sind Sie mir am liebsten!«
»Also gut!« meinte Pepper.
»Da haben wir's«, rief Rübezahl, »er hat schon wieder etwas gesagt!«
»Also wie die Kinder!« stöhnte Arnica und legte eine Platte auf.
Herr Bergemaier tanzte mit seiner Frau, Pepper mit Pits Mutter und Rübezahl forderte tatsächlich Frau Scheringer auf. Was aber noch viel verwunderlicher war, die Alte winkte nicht ab, sondern tanzte, wenn auch sehr verhalten, einen Walzer mit dem Kommissar.